MIX
Papier | Fördert gute Waldnutzung
FSC® C022120

Mineralöl freie Druckfarbe

ISBN 978-3-649-64897-0

Hafenweg 30, 48155 Münster, Germany
Redaktion: Kai König
Textsatz: Elmar Möllmann, Internetlitho

Printed in Slovakia

www.coppenrath.de

ARSEN UND MISTELZWEIG

Mit Illustrationen von Philine Delekta

COPPENRATH

Inhalt

Regine Kölpin

Die Weihnachtskrähe

Carolinensiel

In der Weihnachtszeit denkt man an nichts Böses, ist gefangen vom Duft des Friedens, der aus getrockneten Orangenschalen, Kerzenwachs und Tannennadeln in alle Nasen dringt. Wesentlich sind das Festessen, die Geschenke und natürlich die zu schaffende Atmosphäre. Auch ich hatte den Kopf voll mit allen möglichen Dingen, dachte wirklich an alles. Nur nicht an Mord und Totschlag, und schon gar nicht, dass mir Oma Martha vor die Füße fallen könnte.

Aber genau das passierte. Vier Tage vor dem Fest. Ich stand im Garten des Pflegeheims, wurde aus dem offenen Fenster gerade mit *Süßer die Glocken nie klingen* berieselt, als neben mir eine fette schwarze Krähe aufflog und ihr heiseres Krächzen von sich gab. Das ist hier an der Küste nichts Besonderes, die Krähenschwärme haben sich überall angesiedelt und sind vielen ein Dorn im Auge. Im selben Augenblick jedoch hörte ich einen dumpfen Aufprall, und schon schlug meine Oma neben mir auf. Zugegebenermaßen war das ein höchst unglücklicher Zeitpunkt, so kurz vor Weihnachten. Eine tote Oma passte nicht so gut ins Konzept, und als ich allein vor ihr stand, war ich leicht überfordert und wusste nicht, wie ich mit der Situation umgehen sollte.

Ich trat einen Schritt näher. Sehr bedrohlich wirkte das Ganze eigentlich nicht, immerhin hielt sich die Größe des Blutfleckes in Grenzen. Es war nur ein winziges Rinnsal, das sich seitlich aus einer Kopfwunde schlängelte. Gravierender waren die Zähne, die sich beim Aufprall den Weg nach draußen gesucht hatten und teilweise in ihre einzelnen Bestandteile zerfallen waren. Das sah wirklich nicht gut aus, und auch, dass Oma Martha ihr Haar zuvor scheinbar nicht frisiert hatte, tat dem Gesamtbild einen Abbruch.

Doch ich war nicht da, um über Oma Marthas letztes Bild zu urteilen.

Ich war mir sicher, dass sie nicht freiwillig vom Balkon gefallen war. Doch mein Blick konnte nichts und niemanden ausmachen. Keine Gardine bewegte sich, kein Laut war zu hören.

Ich stand allein im Garten, nur dieses schwarze Vogelungeheuer hüpfte über den gefrorenen Rasen, getragen von den noch immer weihnachtlichen Melodien, die aus dem Fenster des Speisesaals quollen.
Ich fürchtete, dass der Mörder mich beobachtete. Bestimmt lauerte er irgendwo, überwachte jede meiner Handlungen. Vielleicht war er unsicher, ob Oma Martha wirklich das Zeitliche gesegnet hatte. In dem Fall befand er sich in großer Gefahr, denn eine halbtote Oma Martha wäre durchaus in der Lage, ihn zu verraten. Oma Martha war zeit ihres Lebens zäh gewesen, sie würde auch fast scheintot den mutmaßlichen Mörder noch nennen können. Doch er konnte beruhigt sein, es gab keinerlei Zweifel. Oma Martha weilte nicht mehr unter den Lebenden. Natürlich zermarterte ich mir schon hier den Kopf, wer der oder die Schuldige sein könnte. In der Verwandtschaft galt Oma Martha nicht als die liebevolle Großmutter. Kinder waren ihr ein Graus, sie duldete nur mich als erwachsene Enkelin in ihrer Nähe, und ich war damals die Einzige gewesen, die ihre Wohnung betreten durfte. Auch im Heim konnte sie die jungen Menschen nicht ertragen, sie fühlte sich durch ihre Anwesenheit zu sehr an den eigenen Verfall erinnert.

Oma Martha hatte Geld. Nicht nur einen versteckten Sparstrumpf im Schrank, sie konnte sich durchaus etwas leisten. Aber sie hatte auf ihrem Reichtum gesessen wie ein Adler auf seinen Eiern. Keinen Cent hatte sie freiwillig herausgerückt, alles, was sie aus ihrer Schatzkammer holte, wurde dokumentiert, musste mit Zinsen zurückgezahlt werden. Oma Martha war hart, zäh und unerbittlich.
Dass sie uns allen nun mit ihrem spontanen Ableben auch das bevorstehende Weihnachtsfest kaputt machte, passte wie die Faust aufs Auge. Obwohl ich fairerweise zugeben musste, dass es nicht ganz in ihren Schuldbereich fiel, weil sie vermutlich nicht gesprungen, sondern gestoßen worden war. Trotz allem konnte ich die gesamte Verwandtschaft als Täter ausschließen, da Oma Martha nie einen Hehl daraus gemacht hatte, dass nicht einer von uns etwas erben würde. Ein Teil ihres Geldes floss regelmäßig in die sündhaft teure Unterbringung dieses Heims, das sich direkt hinter dem Deich befand und ihr einen unvergleichlichen Blick über den Hafen von Carolinensiel bescherte. Den Rest des Geldes hatte sie vorsorglich irgendeiner Seemannseinrichtung als Schenkung überschrieben.
Oma Martha war nämlich einst mit einem Matrosen verlobt gewesen, der aber von einer Seereise nicht

zurückgekehrt war. Die übliche Geschichte eben. Doch was die Seefahrt anging, da war Oma Martha sentimental gewesen. Da nun kein wirklicher Reichtum durch ihr Dahinscheiden zu erwarten war, gab es also kein Motiv für die Verwandtschaft. Mir oblag nun die Aufgabe, die Polizei zu informieren und die Familie von Oma Marthas Tod in Kenntnis zu setzen. In meinem Kopf sprangen die Gedanken hin und her. Es schien mir, als spielten sie „Himmel und Hölle“.

Es gab so verdammt viel zu beachten. Der Zeitpunkt der Beerdigung und die Weihnachtsfeier mussten koordiniert werden. Es war der 20. Dezember, die Beerdigung würde also noch vor Weihnachten, wenn nicht gar am Weihnachtstag selbst stattfinden müssen.

Ich fand, es sei strategisch günstig, die Beisetzung auf den Vormittag des Heiligen Abends zu legen, weil dann ohnehin alle da wären und das Kaffeetrinken ohne viel Federlesens in ein Café verlegt werden konnte. So würde ich sauber aus der Nummer rauskommen, schon am Nachmittag die Weihnachtsgäste bewirten zu müssen. Allerdings würde es schwierig sein, den Pastor dafür zu begeistern.

Ich stieß Oma Martha ein letztes Mal kurz mit der Fußspitze an. So gesehen hatte sie mir doch einen winzigen Gefallen getan, sich genau jetzt vom Balkon stürzen zu lassen. Ich schätzte es nämlich gar nicht, dass sich sämtliche Weihnachtsfeierlichkeiten immer in meiner engen Wohnung abspielten. Die unvorhergesehene Situation ihres spontanen Ablebens ersparte mir definitiv viel Arbeit. Das Pastorengespräch würde ich zeitlich gut dazwischenschieben können, das bisschen Gefühlsduselei würde mir ein Leichtes sein. Zu Weihnachten ist der Mensch ohnehin emotional angestochen.

Ich hatte soweit alles geklärt. Bis auf den Mord.

Außer mir würde vermutlich kaum einer ein Verbrechen vermuten. Alle würden denken, Oma sei einfach so abgestürzt. Zu weit übers Geländer gelehnt und tschüss. Unachtsam, so wie alte Menschen eben waren. Ich aber wusste es besser. Oma Martha war die Erfinderin der Vorsicht. Niemals würde sie unkontrollierte Dinge tun. Doch egal, wie blöd sie sich manchmal verhalten hatte, einen solchen Tod hatte sie einfach nicht verdient. So war ich nicht gewillt, Oma Marthas Tod ungesühnt zu lassen.

Ich musste den Mörder suchen, herausfinden, was sich an diesem Nachmittag im Zimmer meiner Oma abgespielt hatte. Es war unvermeidbar, dass ich mich in die Höhle des Löwen, sprich, ins Altenheim begab. Zuvor wollte ich Oma allerdings verschwinden lassen. Ich

fand, es könnte vorteilhaft sein, wenn nicht alle wussten, dass Oma Martha auf dem Weg in den Himmel war. Ich sah mich um. Außer dem Mörder wusste niemand von alldem, und der wiederum konnte kein Interesse daran haben, mich zu verpfeifen.
Seit einer Woche herrschte tiefer Frost, selbst im Hafen trieben Eisschollen. Ich würde Oma eine Weile verstecken können, ohne dass es jemand merkte.
Mir fiel das große Gewächshaus des Seniorenheims ein, das um diese Zeit keiner betrat. Wenn ich Oma Martha ein bisschen versteckt in die Ecke hinter die vielen Kisten packen würde… Das einzige Problem war, dass man sie im Heim vermissen könnte, doch auch dafür legte ich mir einen Masterplan zurecht.
Oma Martha war schwerer, als ich dachte. Was im täglichen Leben so zart und zerbrechlich erschien, zeigte sich mit etwa 50 Kilogramm Totgewicht als schwerwiegendes Problem. Ich zerrte sie durch den Garten, war mir durchaus der Gefahr bewusst, dass man mich sehen könnte. Doch ich hatte Glück. Nichts dergleichen geschah. Es gelang mir problemlos, Oma Martha im Gewächshaus zu betten und hinter Kisten und unter Planen zu verstecken. Ich war stolz, dass mir das so einfach gelungen war. Erfahren in der Leichenbeseitigung war ich schließlich nicht. Als Nächstes

suchte ich die Heimleitung auf. Sie waren über mein Vorhaben, Oma schon jetzt über Weihnachten mitzunehmen, sehr erfreut. Eine zeternde Alte weniger. Der kleine Koffer mit Oma Marthas Sachen war rasch gepackt, und ich fuhr vom Hof.

Damit war das Oma-Martha-Problem zwar gelöst, nicht aber, wie ich dem Mörder auf die Spur kommen konnte. Zunächst galt es herauszufinden, wer sich um die besagte Zeit in Omas Zimmer aufgehalten hatte, und das Motiv für den Mord zu klären.

Ich hatte selbstverständlich keinen Schimmer, wie man das machte. War nur Tatorterfahren, das heißt, ich schaute ihn jeden Sonntag und wusste, wie Ballauf und Konsorten ihre Fälle lösten. Sie hatten zwar sämtliche Pathologen und ein riesiges Team an ihrer Seite, aber das betrachtete ich im Todesfall von Oma Martha als unnötig, da bei ihr sicherlich keine große Komplexität der Umstände zu erwarten war, denn der Täterkreis beschränkte sich doch eher auf ein Minimum an Verdächtigen. Denn es kamen nur die Bewohner oder die Mitarbeiter des Heims in Frage.

Ich fuhr zurück, bot mich als Vorleserin an, um überhaupt Zugang zu den Menschen dort zu bekommen. Oma sei bei meiner Schwester gut untergebracht, erklärte ich, und dass es mir ein besonderes Anliegen

sei, den alten Menschen gerade jetzt, so kurz vor dem Fest, eine Freude zu machen. Die Pfleger waren sehr angetan.
Insgeheim jedoch war mir nach allem, aber nicht danach, meine vier Nachmittage vor dem Fest in den Ausdünstungen aus Schweiß und Urin zu verbringen und mir das eintönige Geschwätz der alten Leute anzuhören. Aber hatte ich eine Wahl? Irgendwer musste sich hier schließlich verdächtig machen. Irgendwer musste sich doch fragen, warum Oma Marthas Ableben nicht bekanntgemacht wurde. Der Täter würde wissen, dass sie nicht bei mir zu Besuch war, und demjenigen würde ebenfalls klar sein, dass ich wusste, was geschehen war. Das barg auch für mich eine große Gefahr. Vielleicht würde der Mörder versuchen, mich auszulöschen. Ich stellte mir vor, wie einer der Männer mit dem Krückstock hinter mir herwankte oder mir an der nächsten Ecke auflauerte, um mir damit eins über den Schädel zu ziehen. Vorerst sangen sie aber alle noch *Schneeflöckchen, Weißröckchen,* hoben und senkten die Hände, wackelten mit den Fingern, um das Schneetreiben zu symbolisieren.
Dabei saßen sie friedlich vereint an ihren Tischen. Hin und wieder flößten ihnen die Pfleger einen Schluck Saft ein oder stopften ihnen ein Apfelstückchen in den

frisch bezahnten Mund. Die Kerzen flackerten friedlich vor sich hin, nichts deutete auf das grausame Verbrechen hin, dem meine Oma zum Opfer gefallen war. Nach dem Lied griff ich zu meiner kleinen Weihnachtsgeschichte, die ich selbst verfasst hatte. Die ersten schnarchten schon nach einer halben Seite, der Rest wurde unruhig, als ich bei der Krippenszene anlangte. „Kann man nicht mal das Fenster aufmachen, es riecht hier so", waren die Kommentare oder: „Rede mal lauter, man versteht ja nix."

Ich gab wirklich alles, aber keiner der Herrschaften wollte meine Geschichte zu Ende hören. Das kränkte mich zutiefst. Nachdem mein Vortrag leider nicht den erwarteten Anklang gefunden hatte, legten die Pfleger eine CD ein, und wir wurden von *Jingle Bells* beschallt. Ich lehnte mich zurück, betrachtete die verkniffenen Gesichter der Alten, denen man nun Mensch-ärgere-dich-nicht-Spiele und Bälle in die Hand drückte, damit sie beschäftigt waren.

Mein Blick schweifte nach draußen. Vor der großen Fensterfront hüpfte schon wieder die Krähe von vorhin auf und ab, klopfte mit dem Schnabel an die Scheibe, als wolle sie uns etwas sagen.

„Das ist die Weihnachtskrähe", nuschelte die Frau neben mir.

„Sie gehört Agnes.“

„Die Krähe gehört Frau Lachmann?“

Der alte runzelige Kopf nickte. „Ja, die füttert sie. Seit dem 1. Dezember. Das ist ihre Weihnachtskrähe, weil sie mit Beginn der Weihnachtszeit gekommen ist.“ Die Alte griff mit ihren knochigen Fingern nach einem Apfelviertel und stimmte in Jingle Bells mit ein.

Weihnachtskrähe, dachte ich. So ein Blödsinn. Krähen waren keine Vögel, die man besaß, und sie kamen und gingen nicht mit irgendwelchen sentimentalen Festen.

Dann schossen mir ein paar Bemerkungen von Oma durch den Kopf. Dass ihre Nachbarin sich neuerdings einen Vogel zugelegt habe und sich wahnsinnig etwas darauf einbilde. Aber sie wolle ohnehin kein Tier, hatte Oma Martha weiter lamentiert. Es musste sich um diese Krähe handeln. Ins Detail war Oma nicht gegangen. Oder ich hatte ihrem Geschwätz nicht genug Beachtung geschenkt.

Das Klopfen der Weihnachtskrähe ignorierte ich, schließlich gab es Wichtigeres zu tun. Ich musterte das Pflegepersonal, das ruhig und besonnen seiner Arbeit nachging, hin und wieder mit den Alten scherzte. Sie wirkten alle unauffällig. Die Küchenhilfen schloss ich als Mörder aus, sie hatten nie viel mit Oma Martha zu tun gehabt. Klar, sie hatte ständig am Essen gemäkelt, häufig behauptet, „der Fraß" sei mit Sicherheit vergiftet. Sie hatte sogar zwei Mal das Gesundheitsamt angerufen und behauptet, dass die Küchenhilfen den Bewohnern Hundefutter zu essen gegeben hätten. Aber deshalb bringt man ja niemanden um. Das wäre doch arg kleinlich.

Auch bei Pfleger Paul konnte ich kein wirkliches Motiv erkennen. Oma Martha hatte ihn wirklich nur ein einziges Mal angezeigt und behauptet, er habe sich ihr unsittlich genähert, und er war lediglich bis zur Aufklärung der Geschichte vom Dienst suspendiert gewesen. Gut, so richtig aufgeklärt ist das alles nicht, ein Restzweifel ist bis heute geblieben. Das hatte zwar zur Folge, dass Paul seit der Sache nicht mehr allein in die Zimmer der Frauen durfte, aber das war natürlich nur eine Vorsichtsmaßnahme, damit keiner weiter Gerüchte in die Welt setzte. Oma Martha hatte allerdings bis zu ihrem Ableben kein Wort mehr mit ihm gewechselt und bis zum Schluss behauptet, der Paul sei ein ganz Schlimmer und er stehe auf Brüste, auch wenn sie der Schwerkraft schon nach unten folgten. Ich hatte das nie so geglaubt, aber warum sollte ich einer alten Dame widersprechen, so ein Pfleger wird sich doch zu wehren wissen. Paul schied also auch aus, der Vorfall war eine Lappalie, ebenfalls kein Grund zu morden.

Ich verdächtigte also weiterhin einen der Bewohner. Diese Alten hatten doch größtenteils nicht mehr alle Tassen im Schrank, vielleicht wusste Oma Marthas Mörder schon gar nicht mehr, dass er sie auf dem Gewissen hatte. Zuzutrauen war den Typen hier ja alles. Wenn ich nur daran dachte, wie zum Beispiel Herr Wagner zum Essen sein Gebiss neben den Teller legte und es erst nach der Mahlzeit wieder einsetzte. Oder daran, wie sie sich beim Abendessen gegenseitig die Schnabeltassen klauten und um die Gunst des Pflegepersonals buhlten. Kaum einer der Bewohner war noch in der Lage, die Uhr richtig zu lesen, und doch schafften es alle, exakt zur vorgegebenen Zeit ihren Rollator-Fuhrpark vor der linken Fensterfront einzuparken.

Mal ganz ehrlich: Einer solchen Truppe traut man doch alles zu. Die brauchen gar kein Motiv.

Jetzt sangen sie *Alle Jahre wieder* in etwa zehn verschiedenen Oktaven. Das war mörderisch.

Mir drängte sich schließlich die Frage auf, wer von den Bewohnern körperlich noch in der Lage war, einen Menschen über die Balkonbrüstung zu stürzen.

Erneut taxierte ich die Umsitzenden. Herr Wagner war groß und kräftig, Frau Lachmann ebenfalls.

Dann gab es noch Herrn Fritz. Von dem wusste ich zumindest, dass er Oma Martha mal angebaggert

hatte. Oder besser gesagt: „Ihr den Hof gemacht hatte." Genau so hatte Oma Martha sich ausgedrückt. Angebaggert hatte Pfleger Paul sie, das war ein Unterschied.
Drei Menschen also in Oma Marthas Dunstkreis, die in Frage kamen.
Es half nichts, ich musste undercover im Heim bleiben und die mysteriösen Umstände aufklären, bevor jemand die Oma im Gewächshaus fand. Viel Zeit blieb da nicht, zum Heiligen Abend hatten sie Tauwetter angesagt. Oma würde zu riechen beginnen. Und zwar schlimmer als die Ausdünstungen, die hier jetzt mein Hirn benebelten.
Mir blieben vier Tage.
Unauffällig schob ich mich in Richtung von Herrn Fritz. Er nagte gerade an seinem Bananenstück, das er mit der Zunge im Mund hin und her schob. Er kaute mit offenem Mund, ließ seinen Blick durch den Speisesaal gleiten, als sauge er die Geschehnisse mit den Augen auf.
Ob er meine Oma auch immer so fixiert hatte? Sie war für ihr Alter eine attraktive Frau gewesen, keine Frage. Etwas dünn vielleicht, aber doch recht ansehnlich.
Vielleicht hatte sie noch mehr Männern im Heim den Kopf verdreht? Eine merkwürdige Vorstellung, aber es

war sicher überholt zu denken, im Alter spiele sich da nichts mehr ab. Diese Regung funktionierte bestimmt bis zum Schluss, zumal Oma Martha körperlich alles andere als gebrechlich war. Ich fixierte Frau Lachmann. „Das ist eine neidische Schlange“, hatte Oma mir mal erzählt, als wir sie zum dritten Mal beim Spaziergang überholt hatten. Oma Martha und ich zu Fuß, Frau Lachmann mit ihrem Rollator.
Diese Überholmanöver waren immer ein Grund, höchsten Neid unter den Bewohnern zu erwecken. Spätestens nach der dritten Runde war man sich der hasserfüllten Blicke sicher. Es war eine Art Ehrenkodex, seine guten verwandtschaftlichen Verbindungen nicht zu sehr zur Schau zu stellen. Oma Martha hatte sich natürlich nicht daran gehalten. Im Gegenteil, sie hatte immer noch einen draufgesetzt und sich damit gebrüstet, dass sie immer, aber auch immer von mir besucht wurde. Wahrscheinlich war die Sache mit der Weihnachtskrähe eine billige Retourkutsche von der Lachmann gewesen. Jetzt fixierte mich die Alte mit ihren Blicken. Wenn sie Pfeile verschießen könnte: Sie würde mich mitten ins Herz treffen wollen. Kurz: Frau Lachmann hasste mich. Allein wegen der Spaziergänge mit Oma Martha. Das war in der Tat ein handfestes Motiv. Anderen zu demonstrieren,

um wie vieles man bessergestellt war, konnte im Heim nicht ungesühnt bleiben, das war mir auf der Stelle klar. Ich würde mein Hauptaugenmerk auf diese Person lenken.

Da sich nun alle über die hereingetragenen Spekulatius hermachten, bot sich mir die Möglichkeit, den Speisesaal unauffällig zu verlassen.

Ich schlenderte den Gang entlang, fuhr mit dem Fahrstuhl zwei Stockwerke nach oben. Jetzt wurde ich von schärferen Gerüchen attackiert. Salmiakartige Ausdünstungen vermischten sich mit dem Duft von Kölnisch Wasser und Tosca zu einer undefinierbaren Geruchsvariation. Für einen Augenblick zog ich in Erwägung, die Ermittlungen wegen der Überforderung meiner Nasenschleimhäute einzustellen, aber das konnte ich nicht tun. Wenn ich ein ruhiges Fest haben wollte, musste Oma Marthas Tod vor Weihnachten aufgeklärt sein. Ich kämpfte mich durch die Geruchsschwaden, die von Zimmer zu Zimmer variierten, lenkte mich ab, indem ich die kleinen geschmückten Tannenbäumchen betrachtete und die vielen Strohsterne, die die Wand zierten. Oma Martha hatte ihr Zimmer am Ende des Ganges, dahinter lag nur noch das von Frau Lachmann. Mit ihr teilte sie sich den Balkon.

Es roch muffig in Omas Zimmer. Vorhin hatte ich nur rasch die Anziehsachen gepackt und in meiner Eile dem Zimmer selbst keine Beachtung geschenkt. Überall lagen Bildbände herum. Von Krähen und anderen Vögeln, neben der Balkontür stand eine Tüte mit Vogelfutter. Auf der Anrichte gammelte trockenes Brot vor sich hin. Das Adventsgesteck nadelte bereits, es erschien mir wie ein Vorbote für das, was dann auch geschehen war. Mein Blick schweifte zum Fenster. Da saß sie wieder. Die dicke schwarze Krähe. Auf der Brüstung des Balkons. Ich mochte ihre Augen nicht. Sie waren frech, vorwitzig und eine Spur gemein. Krähen können das. So richtig fies schauen. Mir kam es vor, als wolle sie mir etwas sagen. Es hatte mit Oma Martha zu tun. Die Krähe hackte im Tannengrün der Balkonbepflanzung herum, zupfte provokativ eine Nadel nach der anderen vom Stängel. Dann hüpfte die Krähe auf den Boden des Balkons und hämmerte mit dem Schnabel gegen die Scheibe. Es klang dumpf und in gewisser Weise auch bedrohlich.

Ich ruderte mit den Armen, fand, dass das Viech dort möglichst rasch verschwinden sollte. Es ließ sich aber nicht von meinem Abschreckungsmanöver beeindrucken, sondern blieb dort sitzen, neigte nur den Kopf ein wenig zur Seite und sah mich an, als wolle es mich ärgern.

Meine Fäuste näherten sich der Scheibe, stoppten aber kurz davor ab.

Ich hasste Krähen. Es gibt Menschen, die bezeichnen sie als Todesvogel, als Unglücksbringer.

Bislang hatte ich das immer für Humbug gehalten, aber wenn ich jetzt an meine tote Oma Martha dachte, an die mysteriösen Umstände ihres Todes, konnte ich mich der Vorstellung nicht ganz erwehren, dass diese Weihnachtskrähe der Vorbote für all das Unheil war. Oder die Verbündete. Von der Lachmann, die Oma Martha gehasst hatte.

Ich wiederholte den Gedanken noch einmal. Die Weihnachtskrähe war die Verbündete der Lachmann, die es meiner Oma heimzahlen wollte. Neid war das Mordmotiv schlechthin, das wusste ich noch aus der griechischen Mythologie. Ich war ganz nah dran. Die Lachmann hatte sich den schwarzen Todesvogel zum Verbündeten gemacht, meine Oma ermordet und die Krähe benutzt. Nur wie? Ich sah mich weiter im Zimmer um.

Die Krähe hatte jetzt aufgehört, gegen die Scheibe zu picken. Sie hatte sich erneut auf der Brüstung platziert, sah aus, als warte sie auf mich. Ich öffnete die

Tür zum Balkon. Aus den geöffneten Fenstern des Speisesaals drang nun *Ihr Kinderlein kommet* zu mir nach oben. Die Alten waren schon arg in Weihnachtslaune. Nichts *Ihr Kinderlein kommet,* dachte ich. Krähe, ich komme.

Noch im Vorübergehen schnappte ich mir das Vogelfutter. Ich wollte das Tier fangen, es zum Reden bringen. Wie auch immer ich das anstellen wollte. Es hatte gesehen, was die Lachmann mit meiner Oma getan hatte. Auch wenn sie weite Strecken nur mit ihrem Rollator fertigbrachte: Die Lachmann hatte Bärenkräfte und Oberarme, die eher Schenkeln glichen. Ein winziger Stoß hätte gereicht, um meine schmale Oma Martha herunterzustürzen.

Ich trat hinaus. Ein bisschen hatte es zu schneien begonnen, ein herrlicher Weihnachtswetterfriede verschmolz mit den Liedern aus dem Speisesaal. Ich setzte einen Fuß in den frisch gefallenen Schnee und zerstörte damit die aufkommende Idylle. Die Krähe rührte sich nicht von der Stelle. Sie hatte den Kopf nur schräg gestellt und blitzte mich weiter an. Die weißen Sterne perlten auf ihrem schwarzen Gefieder ab, schmolzen zu kleinen Wassertropfen.

Ich griff in die Tüte mit dem Vogelfutter, versuchte, die Krähe zu locken. „Komm, na komm schon!“

Die Krähe hüpfte mir aber nicht entgegen, sondern entfernte sich Zentimeter für Zentimeter auf dem Geländer. Mit winzigen Schritten zog sie sich vor mir zurück. So musste sie es vorhin auch mit meiner Oma getan haben. Ich sah ihren verkniffenen Gesichtsausdruck. Sie hatte der Lachmann die Weihnachtskrähe nicht gegönnt, wollte sie selbst haben. Warum sonst hätte sie Vogelfutter in ihrem Zimmer horten sollen, warum sonst lagen all diese Bücher über Vögel herum? Wenn ich an den durchdringenden Lachmann-Blick dachte, konnte ich Oma Martha direkt verstehen. Ich würde für sie diesen schwarzen Vogel fangen, und dann sahen wir weiter. Ich kriege dich, du Vieh, dachte ich. Und ich werde dir den Hals umdrehen.
Ich trat einen weiteren Schritt auf die Krähe zu. „Komm, du böser Vogel“, sang ich, machte mir keinen Kopf darum, ob ich sie damit verärgern könnte.
Die Krähe reagierte ohnehin nicht. Jedenfalls nichts so, wie ich mir das vorstellte. Sie kam meiner Hand nicht einen Zentimeter näher. Im Gegenteil. Je mehr ich auf sie zutrat, desto weiter hüpfte sie auf dieser Brüstung weg.
Ich war mittlerweile am Geländer angelangt, mich trennte noch etwa ein halber Meter vom Objekt meiner Begierde. Ich legte einen freundlichen Tenor in

meine Stimme, doch immer wenn ich der Krähe meine gefüllte Hand entgegenstreckte, flog sie auf und krächzte. Vor dem Balkon befand sich eine alte Eiche, die ihre Äste einladend ausstreckte. Die Krähe ließ sich auf dem nächstgelegenen Ast nieder. Mittlerweile hatte mich der Ehrgeiz gepackt. Es konnte doch nicht sein, dass mich eine Krähe dermaßen hochnahm.
Ich lehnte mich zu dem Vogel weit hinüber, der erneut aufflog und seine unheimlichen Laute ausstieß. Meine Füße ertasteten die Metallstreben, fanden eine Stufe höher Halt, sodass ich dem Ast, auf dem sich die Weihnachtskrähe nun befand, ein Stück näher gekommen war.
Ich beugte mich weit vor, hielt mich lediglich mit den Unterschenkeln. Ich würde die Krähe einfangen. Koste es, was es wolle. Das Tier steckte ganz tief mit drin. Mein Herz schlug schneller, jeder Schlag war in meinem Kopf zu spüren. Ich wischte mir die Schneeflocken aus dem Gesicht und den Augen, und noch während ich auf die Weihnachtskrähe einschimpfte, verlor ich das Gleichgewicht und – fiel. Und fiel. Und fiel.
An meinem sterbenden Auge rauschten nicht nur die Fenster des Gebäudes, der kurze Abriss meines Lebens und die Töne von *Vom Himmel hoch, da komm ich her*

vorbei, sondern auch dieser schwarze Vogel, der sich mit seinen Schreien in meine Gedanken einmischte und mir klarmachte, dass Frau Lachmann, trotz ihrer Wut wegen der Spazieraktion, gar nichts, aber auch gar nichts mit Oma Marthas Tod zu tun hatte. Noch während ich im Schneetreiben für immer die Augen schloss, spürte ich den Lufthauch des Flügels der Weihnachtskrähe.

Åke Edwardson

Als der Schnee fiel

Er stand ganz ruhig am Fenster. Draußen schneite es still. Alles war still. Wenn nicht … dachte er, brach jedoch mitten im Gedanken ab. Aber nicht er selbst unterbrach sich. Sie war es. Immer war es sie.
„Christian? Was tust du? Christian? Wo bist du? Christian?“
Er antwortete nicht. Vor dem Fenster fiel der Schnee. Es sah so friedlich aus. Kalt war es, aber friedlich. Er sehnte sich hinaus, wünschte, in diesem Moment draußen zu stehen. Sich den Schnee auf Kopf und Schultern fallen zu lassen. Friede. Der Frieden eines Schneemannes.
„CHRISTIAN!“
„Was ist denn?“ Er drehte sich um.
„Wieso fragst du das? Ich habe dich gerufen!“
„Du weißt doch, dass ich hier bin, oder?“
„Was redest du da? Du weißt doch … woher soll ich denn wissen, dass du hier bist? Du könntest schließlich

sonst wo im Haus sein. Oder? Woher soll ich wissen, dass du im Wohnzimmer stehst?"
„Jetzt hast du mich ja gefunden", sagte er.
„Was meinst du damit?"
„Ich meine nur, dass du ins Wohnzimmer gerollt bist, ohne dass ich geantwortet habe. Dann hast du doch gewusst, dass ich hier bin, oder?"
„Ich finde es unerträglich, wenn du dieses Wort benutzt, Christian."
„Welches Wort?«
„Dass ich gerollt bin. Ich mag es nicht, wenn du so redest."
„Was ist denn daran so schlimm?"
„Nur weil ich im Rollstuhl sitze, brauchst du nicht so herablassend mit mir zu reden."
„Ich war doch nicht herablassend."
„Ach nein? Wie soll man es denn sonst nennen?"
„Was wie nennen?"
„Siehst du. Schon wieder bist du herablassend. Und du betonst die Wörter."
Er schwieg.
„Ich begreife nicht, wie du es fertigbringst, im Haus herumzuschleichen, ohne mit mir zu sprechen", sagte sie.
„Was wolltest du?", fragte er.
„Was?"

„Was wolltest du? Hast du mich im ganzen Haus gesucht, obwohl du wusstest, dass ich hier bin? Also, was willst du?"

„Spricht man in diesem Ton mit seiner Schwester? Hast du denn gar keinen Anstand? Nein, das hast du nicht, Christian. Keinen Anstand."

Er blieb stumm.

„Schon wieder antwortest du nicht. Du weißt es. Du weißt, dass ich recht habe."

Sie starrte ihn mit ihren kleinen Augen an, die manchmal wie Kohle glühten. Dann sah sie aus wie die Schwester des Teufels. Aber ich bin nicht der Teufel,

dachte er. Und sie ist nicht meine Schwester. Sie ist schon lange nicht mehr meine Schwester. Sie war es noch nie.
Er drehte sich wieder zum Fenster um. Draußen fiel der Schnee, er fiel und fiel und fiel. Der Schnee fällt, und wir fallen auch, dachte er. Der Schnee wird uns begraben.
„Hast du eigentlich schon bemerkt, dass es schneit?“, fragte sie.
Er schwieg.
„Bald wird uns der Schnee begraben“, sagte sie.
Er zuckte zusammen.
„Was ist?“, fragte sie.
„Ni… nichts.“
„Jetzt schneit es schon seit Stunden«, sagte sie. »Seit Stunden schneit es wie verrückt, und du stehst bloß herum und glotzt die Katastrophe an. Ist es das, was du willst? Dass der Schnee die ganze Treppe bedeckt? Das ganze Haus? Willst du das? Sollen wir hier drinnen ersticken?“
Er antwortete nicht.
„Willst du das, Christian? Ich glaube, genau das willst du.“
„Warum sollte ich mir wünschen, dass der Schnee das Haus begräbt und uns erstickt?“, fragte er.
Diesmal blieb sie stumm.

„Warum um Gottes willen sollte ich das wollen?“
„Du darfst seinen Namen nicht unnütz gebrauchen.“
„Hab ich doch gar nicht“, sagte er.
„Meinst du damit, ich hätte es getan?“, sagte sie. „Habe ich seinen Namen etwa unnütz gebraucht?“
„Herr im Himmel“, sagte er.
„Wenn du so weitermachst, wird der ganze Himmel über uns einstürzen“, sagte sie.
„Es hat den Anschein, als sei er schon auf dem besten Weg dazu“, sagte er und schaute wieder aus dem Fenster.
„Du findest das Ganze wohl auch noch witzig“, sagte sie. „So ist es. Du findest es lustig. Du willst, dass wir ersticken.“
„Na klar“, sagte er. „Das wäre schön. Das wäre wirklich schön, endlich mal eine Abwechslung in diesem Haus.“
„Darüber reißt man keine Witze“, sagte sie. „Es ist furchtbar!“
„Spielt es überhaupt eine Rolle, was ich sage?“
„Statt die ganze Zeit zu reden, solltest du vielleicht endlich etwas dagegen unternehmen“, sagte sie.
„Wogegen etwas unternehmen?“
„Geh raus und schaufle den Schnee von der Treppe!“, sagte sie. „Schipp die Treppe vor der Tür frei! Muss ich dir das wirklich erklären? Muss ich dich im ganzen

Haus suchen, um dir eine derartige Selbstverständlichkeit zu erklären?"
Er antwortete nicht. Den Schnee wegzuschippen war genauso sinnlos, wie weiter mit ihr zu sprechen. Es wurde nur immer komplizierter und nahm kein Ende.
„Meinst du vielleicht, ich sollte es machen?", fragte sie.
„Ich geh ja schon." Er entfernte sich vom Fenster.
„Vielleicht wäre es dir ja lieber, dass ich Schnee schippe? Vom Rollstuhl aus? Du hättest es wohl gern, dass ich das ganze Grundstück frei schippe, wenn ich schon einmal dabei bin? Und die Straße noch dazu? Das würde dir wohl gefallen, was? Dass ich die ganze Stadt frei schippe!"
„Dann können sie sich die Schneeräumung sparen", sagte er. „Du könntest das alles in die Hand nehmen. Die brauchen dich nur anzurufen."
Und ein Fahrzeug hast du ja schon, dachte er. Du bekommst Rollstuhlreifen mit Spikes, und schon kann's losgehen.
„Du bist boshaft", sagte sie.
„Was für ein Glück, dass wenigstens du so nett bist."
„Stell dir vor, unsere Eltern wüssten, wie gemein du zu mir bist", fuhr sie fort, ohne ihm zuzuhören.
Sie hörte nie zu. Sie kapierte nie etwas. Daran war nicht der Unfall schuld. So war sie immer gewesen.

Alles war schon immer so gewesen, und es würde immer so weitergehen. Er würde niemals von hier wegkommen, nicht aus dem Haus, nicht aus der Stadt. Es lag nicht an seinen Beinen, er könnte weggehen auf seinen Beinen. Es war etwas anderes, etwas, das er selber nicht verstand.
Irgendetwas hielt ihn zurück. Etwas wie der Schnee da draußen, etwas, das ihn zu Boden drückte.
„Ich geh raus und schippe Schnee", sagte er.
Der Schnee umgab das Haus wie eine zusätzliche Wand und ein zweites Dach. Er musste alle Kraft aufwenden, um die Tür zu öffnen. Sie hatte recht gehabt. Hätte er noch eine weitere Stunde gewartet, dann wären sie im Haus gefangen, vollständig eingeschneit gewesen. Bevor er hinausging, hatte er die Wettervorhersage der Abendnachrichten angesehen: Für die kommenden Tage war mehr Schnee angekündigt worden. Aber „angekündigt" war nicht das richtige Wort, „angedroht" passte besser. Für die ganze kommende Woche wurde ihnen Schnee angedroht.
Ein Albtraum.
Sogar die Stadt wird verschwinden, dachte er. Er betrachtete die Schneeschaufel, die er in der Hand hielt. Sie sah lächerlich aus, wie ein Spielzeugspaten, mit dem er einen Berg wegschaffen wollte.

Er begann zu schaufeln. An der Oberfläche war der Schnee locker, aber je tiefer er kam, umso schwerer wurde der Schnee. Als er die Tür frei geschaufelt hatte, lag auf der Veranda schon wieder eine neue Schicht. Er spürte den Schweiß unter der Mütze und im Nacken. Es ist sinnlos, dachte er. Alles ist sinnlos. Er richtete sich auf und lauschte. Aber er hörte keine Schneeräumfahrzeuge, Autos oder Traktoren. Er hörte gar nichts. Es war, als hätte sich der Schnee auf alle Geräusche gelegt. Wenn es überhaupt Geräusche gab. Der Gemeindeverwaltung war vermutlich klar geworden, dass es sinnlos war, die Schneeräumer hinauszuschicken. Es wäre eine Sisyphusarbeit, den Schnee wegzuschaffen. Wie alle Arbeit, dachte er. Man konnte sich bemühen, die Haufen wegzuschaufeln, die sich vor einem auftürmten, es würden sich trotzdem immer wieder neue bilden. Es nahm nie ein Ende. Es würde nie ein Ende nehmen. Schließlich hat sich der Himmel über uns geöffnet. Im vergangenen Sommer hat es wochenlang ohne Ende geregnet, und wir sind fast ersoffen. Jetzt werden wir erstickt. Es ist dasselbe.
Er lehnte die Schaufel gegen die Wand und wischte sich den Schnee von Schultern und Kopf, öffnete die Tür und betrat den Vorraum.

Dort wartete sie.
„Bist du schon fertig?"
„Es hat keinen Sinn", sagte er.
„Das sieht dir ähnlich."
„Was meinst du damit?"
„Du gibst auf, bevor du überhaupt angefangen hast."
„Wenn du draußen gewesen wärst, könntest du es verstehen", sagte er.
„Wie soll ich das denn anstellen?", fragte sie. »Soll ich etwa mit dem Rollstuhl raus und Schnee schippen?"
Sie lächelte ihr boshaftes Lächeln. »Das würde einen feinen Eindruck machen. Du sitzt hier drinnen herum, und deine behinderte Schwester darf sich um die Schneeräumung kümmern. Wenn jemand vorbeikäme und das sähe, würde er die Presse informieren, und morgen stünde es auf der ersten Seite in der Zeitung."
„Dann würdest du ja berühmt werden", sagte er.
„Schon wieder machst du dich lustig", sagte sie. „Du bist wirklich schrecklich."
„Was soll ich denn noch machen? Die Tür habe ich einigermaßen frei geschippt. Mehr können wir im Augenblick nicht tun. Es schneit ja immer noch wie verrückt."
„Du könntest wenigstens nachschauen, ob die Straße geräumt ist«, sagte sie. »Stell dir vor, wenn der Krankenwagen nicht durchkommt."

„Welcher Krankenwagen? Was sollen wir mit einem Krankenwagen?"
„Man kann ja nie wissen«, sagte sie. »Plötzlich braucht man einen."
Plötzlich braucht man einen Leichenwagen, dachte er. Sie sah aus, als könnte sie seine Gedanken lesen, als könnte sie geradewegs in sein Gehirn schauen. Das war vielleicht das Schlimmste. Aber sie drang niemals ein. So nah war sie ihm nie gekommen. Das hatte er nicht zugelassen.
„Das möchtest du wohl", sagte sie.
„Was möchte ich?"
„Dass ein Krankenwagen vorfahren muss, aber nicht durchkommt."
Er antwortete nicht. Inzwischen hatte er Stiefel und Jacke ausgezogen und die Mütze abgelegt. Der Fußboden war nass.
„Nun guck dir mal den See auf dem Fußboden an", sagte sie. „Willst du ihn nicht aufwischen?"
„Ich bin doch gerade erst hereingekommen."
„Du brauchst nicht so zu schreien. Ich bin nicht taub. Ich bin lahm, aber nicht taub. Du glaubst wohl, wenn jemand eine Behinderung hat, hat er auch gleich alle anderen möglichen Behinderungen."
Er ging in Richtung Küche.

„Wo willst du jetzt hin?“
„Ich rufe wegen der Schneeräumung an. Das sollte ich doch?“
Sie antwortete nicht.
Jetzt war er in der Küche. Er zog das Telefonbuch aus dem Bord unter der Arbeitsplatte hervor und suchte die Telefonnummer der Gemeindeverwaltung, hob den Telefonhörer ab und wählte. Dann wartete er.
Als er zurückkam, stand ihr Rollstuhl noch an derselben Stelle, und sie starrte den nassen Fleck auf dem Fußboden an, als könnte sie ihn mit Blicken aufwischen.
„Alle Leitungen sind besetzt“, sagte er. „Sie fordern uns auf, nicht anzurufen. Jetzt haben wir die Katastrophe.“
„Was für eine Katastrophe?“
„Die Schneekatastrophe natürlich. Was sollte es sonst sein?“ Sie antwortete nicht. Plötzlich rollte sie davon. Er hörte Geräusche aus der Küche. Offenbar versuchte sie jetzt selbst anzurufen.
Sie kam zurück.
„Na, hatte ich recht?“
„Wie sollen wir was zu essen kriegen?“, fragte sie.
„Es ist noch etwas in der Tiefkühltruhe.“
„Das ist ja genau der richtige Ort.“

„Für ein paar Tage reicht es.“
„Und dann?“
„Was und dann?“
„Und wie soll es weitergehen nach den paar Tagen?“
„Dann ist es vorbei«, sagte er. »Dann ist wieder alles normal.“
„Was ist dann normal?“
„Das Leben natürlich.“
Sie antwortete nicht. Er schaute aus dem Fenster. Der Schnee fiel. Schon seit Stunden war es Abend. Und es würde viele lange Stunden dauern, ehe es wieder hell wurde, und das auch nur für kurze Zeit. Wenn es weiter so schneite, würde der Schnee bald bis zu den Fenstern und höher reichen. So wird es kommen. Jetzt glaubte er es.
Plötzlich wurde es dunkel im Raum.
„Was ist passiert!?“
„Es ist nur der Strom. Er ist ausgefallen.“
„Nur!? Das nennst du nur!?“
„Der kommt schon wieder“, sagte er.
„Du musst anrufen. Du musst den Stromlieferanten oder wie das heißt anrufen und fragen.“
»Das hat im Augenblick keinen Sinn. Wenn die Leitungen vorher schon überlastet waren, sind sie es jetzt erst recht.“
„Aber was sollen wir denn machen?“

„Wir können nur warten."
„Warten!? Du willst einfach nur warten!? Auf den Tod warten, oder was!? Ist es das, was du willst? Offenbar schon!"
Das Handy war tot. Die Kommunikation mit der Außenwelt war unterbrochen. Die Außenwelt ist tot, dachte er. Er hatte auf Geräusche von draußen gelauscht, aber dort herrschte Stille. Alle warten. Vielleicht war es so, wie sie gesagt hatte. Alle warten auf den Tod.
Er war im Haus herumgegangen und hatte ein paar Kerzen in Leuchtern angesteckt, die sie nach Weihnachten noch nicht weggeräumt hatten. Im Wohnzimmer gab es eine alte Öllampe, die jetzt warmes Licht verbreitete, aber es wärmte nicht. Langsam wurde es kalt im Haus. Er hatte eine Strickjacke übergezogen.
Sie saß vor der Lampe wie vor einem Lagerfeuer.
Sie schaute auf.
„Und was machst du jetzt?"
„Wie meinst du das?"
„Was willst du dagegen unternehmen?" Sie machte eine Handbewegung, die alles erfasste, das Zimmer, das Haus, die Fenster, die Kälte, die Dunkelheit und die Schatten. „Willst du weiter nur herumstehen?"
„Was soll ich denn tun?"
„Irgendwas, alles ist besser, als bloß herumzustehen."

„Wir müssen abwarten“, sagte er.
„Auf was sollen wir denn warten?“
Er antwortete nicht.
„Willst du nicht weiter Schnee schippen?“, fragte sie.
„Es hat keinen Sinn.“
„Wenn du die Tür nicht frei schippst, kommen wir wirklich nie mehr von hier weg“, sagte sie. „Aber vielleicht willst du ja genau das.“ Sie sah ihn an und zeigte zum Fenster. „Jetzt reicht der Schnee schon bis über das Fenstersims. Bald bekommen wir die Tür nicht mehr auf. Und dann sind wir hier drinnen gefangen. Dann ist es aus mit uns.“
Er schaute zum Fenster und ging hin. Der Schnee war wie eine Wand, er bedeckte die Fensterscheiben. Er konnte nicht länger in das Weiß hinaussehen. Die ganze Welt war weiß. Weiß ist die Farbe des Todes, dachte er. Er warf ihr über die Schulter einen Blick zu. Sie starrte in das Lampenlicht. Dann sah sie auf.
„Willst du wirklich nichts tun? Willst du nicht endlich etwas unternehmen!?“
„Ja, ja, dann gehe ich eben raus.“
Er musste sich genau wie beim ersten Mal anstrengen, um die Tür zu öffnen. Draußen sah es aus, als wäre noch nicht einmal geschippt, der Schnee reichte bereits fast bis zum Verandageländer.

Er begann, den Schnee vor der Tür wegzuschippen, und schaufelte einen schmalen Pfad zur Treppe, der wie ein hoher Gang wirkte.
Er spürte wieder den Schweiß auf der Haut. Das tat ihm gut. Er konnte sich bewegen. Er konnte draußen sein, die frische Luft in Nase und Hals spüren. Er konnte ... er konnte weggehen.
Weggehen.
Er drehte sich um. Vor der Tür lag der Schnee schon wieder ziemlich hoch. In einer Stunde würde er den unteren Teil der Tür bedecken.
In zwei Stunden würde die Tür bis zur halben Höhe eingeschneit sein.
Er schaufelte. Jetzt stand er auf der obersten Treppenstufe. Er schaufelte weiter, es war, als würden seine Arme aus eigenem Antrieb ohne Kontakt zu seinem Gehirn arbeiten. Seine Beine schienen sich automatisch zu bewegen.
Jetzt hatte er die Treppe freigelegt, es gab einen Weg hinunter.
Es gab einen Weg, der von hier fortführte.
Er machte ein paar Schritte im Schnee. Schritt für Schritt, er pflügte durch einen halben Meter hohen Schnee, der ihm fast bis zu den Schenkeln reichte.
Aber es war ein Weg, der von hier wegführte. Für

immer. Ein Weg für immer von hier fort. Er lag vor ihm, weiß, wie Schnee nun einmal ist. Unberührt. Er konnte ihn benutzen, und niemand würde ihn daran hindern, zu gehen.
Er drehte sich um.
Hinter einem Fenster flackerte Licht. Es war das Wohnzimmer. Die Flamme warf Schatten, als würde sich jemand im Zimmer bewegen.
Er begann wieder zu schippen.
Schippen, schippen.
Sein Körper war schweißbedeckt.
Er war auf dem Weg. Er war unterwegs!
Bald würde er die Straße erreichen. Keine Straßenlaterne brannte. Es war totenstill. Keine Schneeräumfahrzeuge, die durch die Nacht dröhnten. Es gab nur ihn und seine Schaufel.
Christian, der dabei war, sich einen Weg von hier fort zu schaufeln, um Hilfe zu holen. So würde es aussehen. So sollte es interpretiert werden. Endlich hatte der Bruder etwas unternommen, hatte versucht, von hier weg zu kommen, um Hilfe für seine behinderte Schwester zu holen. Was hätte er sonst tun sollen? Er hatte keine andere Wahl.
Er tat das Richtige.
Er drehte sich um.

Im Wohnzimmer flackerte das Licht. Es würde flackern, bis das Öl verbraucht war. Dann würde es dunkel werden und noch kälter.
Und dann würde es unmöglich sein, ins Haus zurückzukehren.
Oder herauszukommen. Was hatte sie gesagt? „Wenn du die Tür nicht frei schippst, kommen wir wirklich nie mehr von hier weg." Das hatte sie gesagt. „Aber vielleicht willst du ja genau das", hatte sie gesagt.
Ja. Ja! Genau das wollte er. Er wollte, dass sie das Haus nie mehr verlassen konnte. Es würde genau so kommen, wie sie gesagt hatte. Es waren die einzigen wahren Worte, die sie gesagt hatte.
Er schippte weiter, schippen, schippen! Jetzt hatte er die Straße fast erreicht. Er drehte sich um. Der Wind hatte zugenommen und den Schnee hinter ihm zu Wehen aufgetürmt, als hätte er dort nicht eben noch mit seiner Schaufel gearbeitet. Es war eine Sisyphusarbeit. Der freigelegte Weg war verschwunden. Er konnte ihn kaum noch erkennen. Schnee wirbelte um das Haus, es war eingehüllt in Weiß. Ein Leichentuch, dachte er.
Das passt gut.
Er machte sich wieder an die Arbeit. Noch ein paar Schaufeln voll Schnee, und er war auf der Straße. Er

wäre gerettet. Wenn es ihm nur gelang, das Grundstück zu verlassen, dann wäre er frei.
Jetzt. Jetzt musste er außerhalb der Grundstücksgrenzen sein. Er konnte die Straße nicht sehen, er konnte überhaupt nichts mehr sehen. Aber er musste auf der Straße stehen. Er hatte so lange geschuftet. Vom Haus nahm er nur noch eine Kontur wahr, wenn es überhaupt das Haus war. Ha! Vielleicht rief sie in diesem Moment nach ihm. Bereit, eine weitere Boshaftigkeit auszuspucken. Ha! Sie konnte bis in alle Ewigkeit da drinnen sitzen und warten. Er war frei. Frei! Er stützte sich auf die Schaufel. Sie hatte ihm den Weg vom Haus weg ermöglicht, wie ein Fahrzeug, ein Schneeräumfahrzeug. Jetzt musste er nur weiter bis zur Stadt hinunter schippen. Aber er hatte es nicht eilig. Jetzt war nichts mehr eilig.
Der Schnee war jetzt sein Freund, sein weißer Freund. Er fiel und fiel, und er war ihm willkommen. Der Schnee hatte ihn befreit. Allein hätte er es nie geschafft, sich zu retten. Er streckte eine Hand aus und spürte den Schnee auf den Fingern. Die Handschuhe hatte er ausgezogen. Seine Hände waren warm genug. Er hob das Gesicht und spürte den weichen Schnee auf Augenlidern, Nase, Mund. Er legte die Schaufel hin und setzte sich darauf. Er wollte sich nur

ein wenig ausruhen. Er hatte alle Zeit der Welt. Ihm war warm. Er war frei. Er spürte einen großen Frieden im ganzen Körper. Und er fühlte, wie müde er war nach all der Arbeit. Doch jetzt war es keine Arbeit für alle Ewigkeit mehr. Er wollte sich nur ein Weilchen ausruhen, und dann würde er weitermachen. Nur ein paar Minuten, und er würde weiterschaufeln. Er schloss die Augen.

Claudia Puhlfürst

Schöne Bescherung

Samstag, 1. Dezember

Ich schaff das nicht mehr. Man soll ja nichts aufschreiben, das liest man immer wieder, zumindest wenn man Pläne macht, die ein wenig in die illegale Richtung gehen, aber ich werde vergesslich. Es ist wirklich kein Vergnügen, alt zu werden. Jedenfalls darf ich in dieser unschönen Angelegenheit auf keinen Fall den Faden verlieren, sonst geht alles schief.
Und so habe ich beschlossen, erst einmal alles der Reihe nach aufzuschreiben. Zuerst die Planung. Ich darf nichts durcheinanderbringen. Das hier muss ja keiner lesen. Es darf eigentlich auch niemand lesen. Die Zeilen sind nur für mich. Ich denke, so gelingt es mir vielleicht besser, meine Gedanken zu ordnen. Ich habe wirklich niemanden, mit dem ich dieses Problem besprechen kann. Und das Ganze hat sich im Laufe der

vergangenen Monate wirklich zu einem massiven Problem entwickelt. Ich muss da bald etwas unternehmen. Aber ich muss auch vorsichtig sein, darf mich nicht selbst in Gefahr bringen.
Ich muss jetzt erst einmal Schluss machen. Morgen ist der erste Advent. Tommi und Petra wollen vorbeikommen, und ich will noch ein paar Plätzchen backen.

Montag, 3. Dezember

Also, jetzt steht mein Entschluss fest. So geht das nicht weiter. Ich hab mich gestern Abend so aufgeregt, dass ich vier Gläser selbstgemachten Brombeerschnaps getrunken habe, nachdem Tommi und Petra gegangen waren, vier Gläser! Ich ertrage das nicht mehr. Nicht mehr lange jedenfalls. Mein armer Tommi! Diese Frau ist unerträglich.
Ich habe meine Aufzeichnungen von Sonnabend noch einmal gelesen. Das klingt alles etwas wirr. Ich muss am Anfang beginnen. Muss meine Gedanken sortieren. Ich muss es der Reihe nach aufschreiben, es nützt alles nichts, sonst komme ich immer wieder durcheinander.
Tommi ist mein Sohn. Mein Einziger. Eigentlich heißt er Thomas, aber so nennt ihn keiner. Außer Petra. Petra ist Tommis Frau.

Angefangen hat alles vor zwei Jahren, als mein Tommi von einer Dienstreise zurückkam. Ich habe gleich gesehen, dass etwas anders ist als sonst. Seine Augen haben gestrahlt wie die Kerzen am Tannenbaum, und seine Wangen waren gerötet. Und er hatte ein neues Aftershave. Dass da nur eine Frau dahinterstecken kann, habe ich gleich gewusst. Ich bin ja nicht von gestern!

Eigentlich war ich froh darüber. Tommi tut sich schwer, was Frauen angeht, und es war wirklich allmählich an der Zeit, dass er eine findet, die zu ihm passt. Als er sie mir vorgestellt hat, fand ich sie ganz nett. Und sie hat sich auch Mühe gegeben. Jedenfalls in den ersten Monaten …

Ich sehe schon, das dauert länger, als ich dachte. Bei jedem Satz muss ich überlegen. Ich werde wohl noch ein paar Tage brauchen, bis ich mit der Vorgeschichte durch bin.

Ich muss bald aufhören. In einer halben Stunde treffe ich mich mit Gerd und Sabine zum Mittagessen im Weißen Ross. Wir haben einiges zu besprechen! Vor drei Tagen haben sie nur vier Kilometer von hier im Wald eine Frauenleiche gefunden! Sie soll total zerstückelt gewesen sein! Ich darf gar nicht daran denken …

Bernd, Gerds Schwiegersohn, ist bei der Polizei und

hat gesagt, das sei bereits die zweite Tat in unserer Gegend. Wie aufregend!

Donnerstag, 6. Dezember

Heute ist Nikolaus. NIKOLAUS!
Eigentlich ein Anlass zur Freude. Man trifft sich, trinkt Kaffee und isst Plätzchen, es gibt kleine Geschenke. Ich könnte heulen!
Tommi und Petra hatten mich zu sich eingeladen. Mir kommt schon die Galle hoch, wenn ich nur diese Wohnung sehe. Alles in Schwarz-Weiß! Dann diese „Bilder" im Wohnzimmer – debiles Geschmier überschätzter „Künstler". „Minimalistisch" nennt sie das! Ich nenne es kalt. Kaltherzig wie sie selbst.
Was mich aber am meisten aufgeregt hat – nein, noch immer aufregt –, das war der sogenannte Weihnachtsstollen. Nicht nur, dass diese Frau permanent „Stolle" sagt, nein, es ist der Fakt an sich. Stollen wird am Heiligabend das erste Mal gekostet. Der Laib symbolisiert schließlich das Christkind!
Noch nie in meinem ganzen Leben habe ich vor dem 24. Dezember Stollen gegessen, noch nie! Und jetzt serviert diese Tussi mir und Tommi am Nikolaustag ihre „Stolle"! Mein Herz schlägt noch immer wie ein

Dampfhammer, wenn ich nur daran denke. EKELHAFT!!!
Tommi zuliebe habe ich probiert. Das Zeug hat widerlich geschmeckt. Grauenhaft nach Marzipan. Der Teig war viel zu trocken. Viel zu viel Mehl, viel zu wenig Butterschmalz. Ich weiß nicht, wo sie die „Stolle“ herhat, aber von hier bestimmt nicht.
Natürlich habe ich gute Miene zum bösen Spiel gemacht. Ich will doch meinem Tommi nicht in den Rücken fallen. Der Arme. Diese Frau hat ihn dermaßen eingewickelt, er ist faktisch blind für ihre zahlreichen Fehler.
Wieder daheim musste ich drei Brombeerschnaps trinken, ehe ich mich einigermaßen beruhigt hatte. Vielleicht nehme ich nachher noch einen. Oh, das Telefon klingelt. Ich muss Schluss machen!

Sonntag, 9. Dezember

Heute ist der zweite Advent. Ich bleibe zu Hause. Tommi und Petra sind zum „Shopping“ gefahren. In der Adventszeit haben die Geschäfte auch sonntags geöffnet. Shopping – PAH! Wenn sie wenigstens das Geld dafür hätten! Ich möchte nicht wissen, was allein diese fürchterliche Wohnungseinrichtung gekostet hat.

Dazu nervt Petra Tommi dauernd wegen seines Autos. Der alte Audi sei doch längst nicht mehr zeitgemäß, sagt sie. Sie sollte besser selbst arbeiten gehen, dann müssten sie sich nicht andauernd bei mir Geld borgen!

Aber anscheinend bin ich die Einzige, die Petras Fehler so klar sieht. Nicht mal meine besten Freundinnen Gerti und Sabine verstehen mich. Was ich nur habe, fragte mich Gerti neulich... wann war das gleich noch ... letzten Montag? Ich kann mir wirklich nichts mehr richtig merken. Jetzt vergesse ich sogar ab und zu, wo ich dieses Büchlein hier – ich nenne es liebevoll mein „Strafgesetzbuch" – hingelegt habe. Ich verstecke es nämlich nicht immer an der gleichen Stelle.

Petra wäre doch supernett, hat Gerti gesagt. Na klar ist die „supernett". Zu Außenstehenden ist sie fast immer supernett. Wenn die wüssten, was sich hinter den Kulissen abspielt!

Wenn ich wenigstens auf Enkel hoffen könnte! Dafür würde ich all den schwarz-weißen Müll in ihrer Wohnung, die Geldverschwendung und das ungenießbare Essen gern ertragen. Aber Kinder will Petra nicht. Dafür sei sie zu jung.

Vielleicht später, hat sie gesagt. Ihr Näschen hat dabei ein bisschen gezuckt. Ich glaube ihr das nicht.

Jetzt muss ich aber langsam anfangen, zu planen, wie ich meinen Tommi von dieser Bürde befreien kann. Vielleicht lese ich erst einmal ein paar Krimis und suche nach Anregungen.

Mittwoch, 12. Dezember

Weihnachten rückt unaufhörlich näher. Ich bin mir jetzt ziemlich sicher, wie ich es anstelle. Petra muss verschwinden. Zuerst dachte ich, Gerti und Sabine könnten mir helfen, aber das ist zu gefährlich. Außerdem stehen sie ja auf Seiten der „supernetten" Petra. Ich muss es also allein erledigen. Die Krimis haben mir auch nicht wirklich weitergeholfen. Aber dann kam mir eine glänzende Idee. Bei unserem letzten Treffen hat Gerti schlimme Dinge von diesem Frauenmörder erzählt. Er lockt seine Opfer in den Wald und bringt sie dort um.
Anscheinend steht er auf Blonde. Petra ist auch blond. Ich muss noch herausfinden, wie er es genau macht. Erwürgt er die Frauen? Erschlägt er sie? Ich bin ja nicht die Kräftigste, leider, aber mir wird schon etwas einfallen. Bei unserem nächsten Treffen frage ich Gerti noch ein bisschen aus, und dann sehen wir weiter.

Über Silvester wollen Tommi und Petra eine Reise in die Karibik machen. In die KARIBIK! Das hat er mir am Telefon erzählt. Ich habe mich im Reisebüro erkundigt, was das kostet, und bin fast in Ohnmacht gefallen. Schließlich verdient Petra keinen Pfennig dazu. Stattdessen trägt sie „ihren Teil“ zum Familienleben bei, indem sie kocht, bäckt und den Haushalt „schmeißt“. Man sollte wohl besser sagen, sie „versucht“, zu kochen und zu backen. Ahnung hat sie davon nämlich nicht, und Ratschläge nimmt sie auch keine an. Wenn ich bloß an diese Marmelade denke, die sie gemacht hat! Nein, Marmelade darf man so etwas gar nicht nennen. Das Zeug war quietschsauer. Das kommt davon, wenn man diesen neumodischen Gelierzucker nimmt und keine Ahnung hat, wie viel man davon braucht. Igittigitt!
Ich fürchte, ich muss mich sputen mit meinen Plänen. Vielleicht haben wir es dann Weihnachten schon hinter uns. Mit „wir“ meine ich natürlich meinen Tommi und mich. Er wird mir am Ende dankbar sein, das weiß ich.

Sonntag, 16. Dezember

Gestern habe ich Gerti gesagt, dass ich schreibe. Sie und Sabine glauben allerdings, es sei so eine Art

Lebensbeichte. Sollen sie. Nicht, dass sie noch misstrauisch werden, wenn Petra plötzlich verschwindet.
Und ich darf nicht vergessen, mein Strafgesetzbuch an einem anderen Ort zu verstecken. Gerti weiß nämlich, dass ich Dinge, die niemand sehen soll, immer im Gartenhäuschen verstecke. Das habe ich schon so gemacht, als Gerti, Sabine und ich noch Kinder waren. Man ist eben altmodisch, wenn es um Sachen geht, die prima funktionieren, zum Beispiel Verstecke.

Hinter der Bretterwand der Hütte, die Petra immer „Pavillon" nennt – eine lächerliche Bezeichnung für ein Gartenhäuschen! – , verbirgt sich eine alte Natursteinmauer. Die hat mein Opa Frieder noch von Hand gemauert. Im unteren Drittel ist ein Stein lose, und dahinter befindet sich eine kleine Höhlung. Ab und zu benutze ich diese als Versteck. Ein Jahr, nachdem Petra in unserem Leben auftauchte, fing ich an, wieder Dinge dort zu deponieren. Einfach nur, um sicher zu sein.

Dort ist auch der alte Granatschmuck von Oma Olga versteckt, auf den Petra so scharf ist. Und die Maple-Leaf-Münzen mit dem Bild der englischen Königin – reines Gold! Jede von ihnen ist über tausend Euro wert.

Ich musste das alles dort lagern. Tommi hat keine Geschwister. Das sollte einfach nicht sein, damals. Und so ist er der einzige Erbe. Irgendwie hat Petra herausgefunden, dass ich mehr Ersparnisse habe, als ich zugebe. Und nun nervt sie jede Woche, das Geld wäre knapp. Dann kann man eben keine Reise in die Karibik buchen, Schätzchen! Am liebsten hätte sie wohl, dass ich ihnen gleich das Haus mitsamt dem Grundstück überschreibe,

aber das kommt nicht in Frage. Damit gebe ich meine einzige Sicherheit auf. Natürlich wird Tommi mal alles erben, aber nicht mit ihr zusammen!
Ich muss aufhören. Gerti, Sabine und ich wollen auf den Weihnachtsmarkt. Wir sind alle drei sehr sparsam, aber dem einen oder anderen Glühwein sind wir nicht abgeneigt, und man trifft immer Bekannte. Da komme ich vielleicht mal auf andere Gedanken!

Montag, 17. Dezember

Mein Plan ist fertig. Gerti hat mir gestern noch allerhand von diesem Serienmörder erzählt. Außerdem stand es auch schon in der Zeitung. Zum Glück für mich hat er seine Opfer nicht erschlagen. Sie waren betäubt, ehe er ihnen den Strick um den Hals gelegt hat. Warum er sie vorher betäuben musste, mag ich mir nicht ausmalen, aber es ist gut so.
Ich werde Petra einen schönen Spaziergang vorschlagen. Noch diese Woche. Ich habe lange überlegt, wie ich sie ködern könnte, aber dann ist es mir wie Schuppen von den Augen gefallen: mit schnödem Mammon. Die Aussicht auf Geld lockt Petra überallhin, da bin ich mir sicher. Ich werde andeuten, dass ich ihr etwas anvertrauen möchte. Eine Überraschung für sie

und Tommi zu Weihnachten, aber sie dürfe ihm nichts davon verraten. Ich werde eine Thermoskanne Glühwein mitnehmen. Schließlich kann es bei einem Waldspaziergang ziemlich kalt werden. Irgendwo werden wir dann Station machen und auf das Geheimnis, das ich ihr im Anschluss verraten werde, anstoßen. Ich hoffe, das Rohypnol wirkt schnell. Ich habe es vor zwei Jahren aus dem Krankenhaus mitgenommen, als ich an der Hüfte operiert worden bin. Ich wollte das Zeug nicht jeden Abend schlucken, und irgendwie muss ich damals schon gewusst haben, dass ich so etwas später mal brauchen werde. Wenn sie dann schläft, muss ich ihr mit ihrem Schal den Garaus machen. Das wird nicht leicht werden, aber ich muss an die Zukunft denken. Meine und Tommis Zukunft.

Übermorgen will Petra vorbeikommen, hat sie angekündigt. Sie hätte „Hildaplätzchen" gebacken. Und ihren selbst gemachten Sanddornlikör wolle sie auch mitbringen. Ich weiß gar nicht, was Hildaplätzchen sein sollen. Wahrscheinlich ist das wieder eins dieser dubiosen Rezepte aus ihrer Heimat. Und Sanddornlikör? Was bitte soll das denn sein? Likör macht man aus Sauerkirschen oder Brombeeren, aber doch nicht aus Sanddornbeeren! Na ja. Es ist egal.

Ich werde die Gelegenheit nutzen, dass Tommi nicht dabei ist, und Petra zum Spaziergang einladen. Den Tag kann sie sich aussuchen, aber es muss noch vor dem 24. sein. Da sie nicht arbeitet, hat sie ja Zeit, nicht?

Sonntag, 22. Dezember

In zwei Tagen ist Heiligabend. Mein Herz pocht schon den ganzen Tag wie ein überlastetes Hammerwerk. Morgen Vormittag, wenn Tommi auf der Arbeit ist, werden Petra und ich unseren „Spaziergang" machen. Einen Tag vor dem Fest – das passt doch nicht? Ich muss ein wenig kichern, und gleichzeitig bin ich furchtbar aufgeregt. Sogar mein Brombeerschnaps ist seit gestern alle! Das war noch nie so, all die Jahre haben die Vorräte immer bis ins Frühjahr gereicht. Ich musste aber auch jeden Abend zur Beruhigung ein, zwei Gläschen trinken. So ein Likörchen beruhigt die Nerven doch am besten.
Dieser Sanddornlikör schmeckt ziemlich bitter. Zuerst habe ich das gar nicht so gemerkt, aber jetzt, beim dritten Glas fällt es mir auf. In einer Stunde kommen Gerti und Sabine. Ich muss noch aufräumen und dieses Buch hier wieder in sein Versteck zurückbringen. Seltsam, dass Petra am Montag so nett war. Ob sie etwas im Schilde führt?

Nehme ich noch ein Likörchen? Kann kaum noch schreiben. Vielleicht ruhe ich mich erst ein klein wenig aus, ehe ich zum Gartenhäuschen gehe. Meine Lider sind so schwer.
Ich bin so müde
muss
mich
a u s r u h e

Nicola Förg

Baumsterben

Hohenelbe/Riesengebirge

Man hätte natürlich auch anders vorgehen können. Er neigte dazu, von sich selbst als „man" zu sprechen. Klang irgendwie neutraler. Aber man war nun mal das, was man war, oder? Er, Erich Eichenfrommer, war Sprengmeister gewesen. Stabsfeldwebel Eichenfrommer, seit fünf Jahren pensioniert, aber noch immer passioniert im Umgang mit zündenden Ideen. Man hatte über die Jahre etwas Material beiseitegeschafft, man hatte ja gewusst, dass man immer mal Bedarf haben würde. Hatte man auch. Bei der Bautätigkeit der Tochter war da so ein Felsen gewesen, man hatte doch nicht auf die Bagger warten können. So oder so – Helene, seine Gattin, hatte das weniger goutiert. Dabei war sie die Ungeduld in persona und dazu ein Sparbrötchen par excellence, denn bitte schön: Seine private Baugrubensprengung hatte das Ganze stark beschleunigt und war preiswert gewesen, aber hatte Helene das verstanden? Nein, Frauen waren so was von unlogisch. Es war hingegen eine logische Konsequenz, dass man Helene immer seltener ins Tun einweihte – heute auch nicht.

Sie waren wie jedes Jahr im Riesengebirge. Von Helenes Seite hatte man eine Hütte – hier hieß das „Baude" – geerbt. Irgendwo im Nirgendwo hinter Vrchlabí, zu deutsch Hohenelbe. Da verbrachten sie stets ihre Weihnachtsferien und liefen. Also liefen lang, die Loipen hier zogen sich kilometerweit über Bergrücken, man konnte den Polen rüberwinken. Falls man das hätte tun wollen, Erich empfand weder zu den Tschechen noch zu den Polen eine große Affinität, wenn man das mal so neutral formulieren wollte.

Jedenfalls war es Erichs Aufgabe, einen Weihnachtsbaum zu besorgen, die ersten vier Jahre hatte er stets einen in Spindlermühle gekauft, aber auch hier wurde alles teurer. Er wollte schließlich nicht den ganzen Wald kaufen. Die nächsten Jahre hatte er – natürlich ohne Helenes Wissen – die Bäume entnommen. Standen ja genug herum, und hier oben im Gebirge war das mit den Besitzverhältnissen doch sowieso verwirrend, hatte man sich gesagt. Dieses Jahr wollte Helene ein besonders prächtiges Exemplar, war es doch das zehnjährige Jubiläum ihrer Riesengebirgsweihnacht. Zehn Jahre schon ertrug er das tschechische Intermezzo, das ewig gleiche Ritual: Anreise am 21. Dezember, schon ab Pilsen lamentierte Helene, dass sie Ingredienzien für ihren Stollen vergessen habe. Und immer beruhigte Erich sie, dass auch die Tschechen Geschäfte hätten, namentlich die gleichen wie die gierigen Nachbarn: Penny, Kaufland, Billa ... Alle Jahre wieder bekam er, Erich, neue Langlaufunterwäsche im Wechsel mit Langlaufstrümpfen und Helene ihr Parfüm Poison, das tatsächlich wie vergiftet stank. Und immer galt Helenes Sorge dem Baum.

„Erich, der Baum! Denk an den Baum!“

Erich war heute am Tage zwei schon die ganze Zeit latent, also unterschwellig eben, aggressiv. Es schneite seit ihrer Ankunft. Es pfiff dieser ostige Wind über die Bergkämme, wann immer er langlief, kam der Wind von vorne. Egal, wohin er langlief! Helenes Schrillstimme zerrte an seinen Nerven wie der Wind, der unvermindert an den Läden zerrte.

„Aber einen großen, prächtigen Baum, einen geraden, gell! Keinen solchen Kümmerling wie letztes Jahr. Weil du immer so spät dran bist, Erich!"
Dabei hatte er sich gestern nach der Ankunft bereits einen ausgeguckt, er war nämlich vorbereitet, er, Stabsfeldwebel Eichenfrommer; und mit dem Trotz des seit Jahrzehnten missverstandenen Ehemanns war er von dannen gezogen. Hatte die wattierte Jacke in natogrün angelegt, die BW-Winter-Stiefel, die gute BW-Unterwäsche und war nach draußen gegangen.
Im Anbau der Baude fehlte etwas ganz Entscheidendes: seine große Säge. Da war nur noch so ein Zwergenmodell. Na, die große hatte wohl so ein Tschechenlümmel geklaut. Man hatte doch gar nicht anders handeln können. Erich stapfte los – bis zum Ort seines Begehrs. Der Baum war inzwischen völlig verschneit, hätte er da mit der Säge gearbeitet, wäre er ja sowieso zum Schneemann mutiert. Da lag man schon richtig: Präzise wie immer hatte man die Ladung unter dem Wurzelwerk plaziert, auf die Sekunde gezündet.
Rums! Also da konnte man jetzt sagen, was man wollte: Der Anblick war erhebend. Der Baum schoss samt dem Wurzelstock in die Höhe, sicher einen

Meter hoch, und fiel dann zur Seite. Herrlich! Erich wartete etwa dreißig Sekunden, dann trat er näher. Man – nein er – war ein Gott. Er war der Beste. Immer gewesen. In seiner Einheit. In seiner Kaserne. Ach was, im ganzen Bundesland, für die gesamte Republik wollte er nicht sprechen. Aus einer Dreiergruppe hatte er seinen Favoriten herausgesprengt, der nun zu Boden gesunken war und sich dankenswerterweise auch gleich des Schnees entledigt hatte. Auch die anderen zwei Bäume aus der Dreierbande waren nun vom Eise befreit.

Erichs Blick glitt über die Szenerie, gerade noch im Siegestaumel, klappte ihm auf einmal sein Unterkiefer herab. Er bemerkte das erst, als es ihm ins Maul schneite. Er klappte die Beißwerkzeuge wieder zusammen. An Baum drei – Erich nannte den Baum jetzt mal so – saß ein Mann. Ein kleiner Mann. Der hatte auf seiner Zipfelmütze nun auch noch eine neckische hohe Schneemütze und trug ein grünes Mäntelchen aus Nadeln, das farblich so gar nicht zu seinem lila Anorak passen wollte.

Erich war im Prinzip ein klarer Mensch, nie vorschnell, aber für den Moment war auch er überfordert. Griff seinen Baum, zerrte ihn hinter sich her. Das Blut rauschte in seinem Kopf, man musste inne-

halten. Man musste nachdenken. Man hatte einen Mann gesprengt, der da vielleicht sein süßes Mittagsschläfchen gemacht hatte oder zu viel Becherovka oder Slivovic hatte verdauen wollen. Unter dem Schutz der Bäume hatte er sich erholen wollen, vielleicht hatte dieser ja auch eine böse Frau zu Hause. Gehabt, Erich, zu Hause gehabt, rief er sich selbst zu. Du hast ihn in die Vergangenheitsform gesprengt!
Man war ein Mörder.
Er war ein Mörder. Ein unfreiwilliger zwar, aber würde das zählen? Es war mit Sicherheit illegal, fremder Leute Bäume zu sprengen, und es war noch weniger legal, dabei einen Menschen einzubüßen. Vielleicht kam er mit Totschlag davon, vielleicht! Aber das würde ihn auch einige Jahre kosten. Er würde in Singsing sterben, er war schließlich über sechzig. Er wollte aber nicht in Singsing sterben, nicht er, der er so lange der Republik gedient hatte. Außerdem war er hier in Tschechien, denen traute er nicht. Deren Rechtssystem auch nicht, hatten die überhaupt eins?
Allmählich kam sein analytisches Denken wieder. Sie würden den Mann finden, früher oder später, hier verlief ja eine Langlaufloipe, und ab dem zweiten Weihnachtstag waren hier jede Menge Jünger der

Gleitsportart unterwegs. Sie würden einen Zusammenhang herstellen zwischen dem Loch und dem Mann.

Erstens musste der Baum weg! Würde man die Schleifspuren des Baumes sehen? Nein, so wie es schneite und wehte, würde bald wieder eine blütenweiße glattgezogene Decke diese böhmische Gebirgswelt bedecken. Er musste in jedem Fall den Baum bei seiner Gattin abliefern, diese erst mal befrieden. Erich war ein besonnener Mann, der nach der Devise lebte: „Über diese Brücke gehen wir erst, wenn wir davor stehen.“ Leider stand er in dem Fall sozusagen schon mittendrauf, hoch über bedrohlich brodelnden Wassern. Er stapfte bis zur Baude. Es blieb ihm nur, mit der Zwergensäge den Wurzelstock zu entfernen, den Baum etwas zurechtzuschütteln und dann in den Ständer zu pressen. Helene war zufrieden, sie schimpfte nicht. „Nichts gesagt, ist schon gelobt“, war Helenes Devise. Seine Gattin war zudem so echauffiert vom Stollenbacken, dass sie vor acht Uhr noch entschlummerte. Bis dahin hatte er Helenes Geplapper mit eingestreuten „Ach was“ und „Was du nicht sagst“ kommentiert.

Erich dachte lange nach. Bis 24 Uhr. Dann kleidete er sich an, zog die Türe leise hinter sich zu und stapfte los.

Der Wind hatte nachgelassen, der Schnee sank unvermindert nieder. Der Mann saß noch immer da, und Erich war mit sich selbst übereingekommen, dass er dort nicht bleiben konnte, würde der gesprengte Baum doch zumindest irritieren und potentielle Ermittler eventuell auf seine Spur führen. Man kannte das doch aus dem Fernsehen. Die entdeckten alles, und es war bekannt, dass er Sprengmeister gewesen war. Der Mann musste weg, und ein Gedanke war in ihm gereift. Er war schließlich ortskundig, diese zehn Jahre mussten ja auch für etwas gut gewesen sein.
Von unten herauf, unweit von „seiner“ Baumgruppe, kam ein kleiner Einersessellift angescheppert. Ein recht windiges Modell, keines aus der aktuellen Skimoderne. Der Mann war dankenswerterweise leicht, obgleich er aber irgendwie in seiner Sitzposition arretiert zu sein schien. Aber eigentlich kam das Erich ja zupass, als er ihn in den Lift setzte. Der Mann passte genau hinein in den engen Sitz. Erich schloss den Bügel und drückte dessen steifen Beine auf die Fußraste. Man wusste doch, dass Leute gerne mal in Skiliften verendeten. Herzinfarkt im Sessellift, das gab es öfter. Das las man doch allenthalben in der Zeitung. Auch war bekannt, dass das Liftpersonal hier nicht so sorgfältig war, unaufmerksam waren die. Sie

strebten einfach in den Feierabend, das lag doch auf der Hand. Erich war zufrieden, stapfte heim und schlief ruhig und traumlos. Am nächsten Morgen liefen er und Helene lang, unter anderem unten an der Talstation des Lifts vorbei. Ein Schild hing da: irgendetwas mit Pozor, Pozor hieß Achtung, das wusste Erich. Der multilinguale Tschechenlümmel hatte aber auch auf Polnisch informiert – zumindest nahm Erich an, dass das Polnisch sein müsse – und auf Englisch. Attention: Tis Lift ist out of order till affter the Christmas! Erichs Englisch war schlecht, das der Tschechenlümmel wohl auch. Verdammich, das lief hier aber sehr unrund!

Als Helene wieder früh darniedersank – das lange Laufen, der ganze Sauerstoff hatte alles Leben aus ihr gesogen – und wegschnarchte, zog Erich erneut los. Er hatte seine Skier angelegt, das war unauffälliger als Fußspuren. Langlaufspuren durchzogen doch hier das ganze Gebirge. Pozor!, der Mann musste weg aus dem Lift, das Arrangement, das er getroffen hatte, war ja nur dann sinnvoll, wenn der Lift gelaufen wäre. Der Mann war nun in sich zusammengesackt, entweder die Leichenstarre hatte sich gelöst oder aber er war aufgetaut. Es hatte nämlich aufgehört zu schneien, und die Temperaturen lagen im leichten Plusbereich. Nun gut,

oder nicht gut. Man war nun mal auf der Brücke. Man war doch ein alter Kriegshase. Man hatte doch immer einen Plan B in der Tasche.
Er schulterte den Mann und glitt dahin. Rechts den Mann, links die Stöcke – bis zu einer Waldbaude, die von Sachsen bewohnt wurde. Diese kamen stets am 24. vormittags und blieben bis zum 6. Januar. Morgen also würden sie kommen, sie waren quasi Bauden-Nachbarn, rund 800 Meter von Eichenfrommers Baude entfernt.
Erich verabscheute das Ehepaar Pumper – nicht nur wegen des ohrenbeleidigenden Dialekts. Nein, Herr Pumpernickel – Helene schimpfte immer mit ihm, wenn er die beiden Pumpernickel nannte – war Pazifist, und sie war Vegetarierin. Solche sächsischen Weicheier aber auch! Zudem hatten die beiden eine Hundetöle, die immer entlief, zu Erichs Baude sauste, das Beinchen hob und mit unschönem Gelb den Schnee verunzierte. Außerdem hatte das Vieh ihn schon mal in die Wade gebissen. Nur dem guten BW-Stiefel war es zuzuschreiben, dass er die Attacke des Monsters überlebt hatte. Ein Monster, das natürlich nur hatte spielen wollen und das vorher noch nie gebissen hatte. Schon seine adligen Vorfahren mit den albernen Stammbäumen hatten noch nie gebissen.

Für diese Dynastie verbürgte sich die Dame Pumpernickel. Diese Pumpernickel-Sachsen-Köterliebhaber hatten das verdient, was er nun inszenierte: Er platzierte den Mann vor der Hintertür, und zwar so, als wäre dieser mit letzter Kraft herangerobbt. Besonders stolz war Erich auf die Idee, den Mann dann noch mal an der Tür kratzen zu lassen. Nun hatte er sogar ein paar Holzspreißel unter den Nägeln. Erich hatte die schlaffen Patschehändchen des Toten ganz schön gegen die Tür pressen müssen.

Am nächsten Morgen wurde Erich zum Brotholen geschickt. Als er retour kam, war Helene in wilder Aufregung.

„Stell dir vor, die armen Pumpers! Frau Pumper hat mich gerade auf dem Handy erwischt. Er hatte einen Autounfall, hat das Bein gebrochen und zwei Rippen. Sie kommen dieses Jahr nicht. Gott, die Armen.“ Helene atmete schwer. „Ich schau nachher mal rüber, sie hat mir gesagt, wo der Schlüssel liegt. Ich soll mal nach dem Rechten sehen. Mal lüften, die Fensterläden mal Öffnen.“

Im Normalfall hätte Erich jetzt dem lieben Herrgott gedankt und eine Kerze angezündet, dass er von Pumpernickels und deren gemeingefährlicher Töle verschont blieb, aber das lief ja immer unrunder. Eine

grauenvolle Ahnung wurde ihm zur Gewissheit. Er hatte gestern Nacht seine Jacke vergessen. Hatte sie über den Zaun gehängt. Er hatte geschwitzt wie eine Sau, so leicht war der Mann dann doch nicht gewesen. Seine Jacke hing unweit eines Toten, der vor Pumpernickels Tür lag. Und Helene mittendrin. Helene, die den Toten entdecken würde, der wie ein Goldgräber am Yukon kurz vor der rettenden Hütte verendet war. Wie schon hatte er sich das ausgedacht! Er kannte Helene. Die würde den Toten sehen, kreischen, aber dann würde sie seine Jacke entdecken.

Helene legte die Finger immer in die Wunde, sie hatte Sensoren für Verfehlungen seinerseits. Helene würde wahrscheinlich als erstes auf seine schlecht aufgeräumte Jacke hinweisen. „Du lässt immer alles rumliegen, Erich. Also wirklich – schlimmer als ein Kleinkind, Erich!"
Das hier war der Super-GAU. Sein ganzes Arrangement war zerstört. Erich atmete tief durch, und irgendwie gelang es ihm, Helene davon zu überzeugen, dass doch besser er zu den Pumpers ginge. Weil sein Helene-Hasi doch noch so viel mit dem Schmücken des Baumes zu tun habe. Das zog noch nicht so recht. Helene beäugte ihn skeptisch. Erst als er darauf hinwies, dass so ein leeres Haus … Man wisse ja nie. Wenn da Mäuse oder gar Ratten verendet waren … Es ging gerade irgendwie immer um verendete Kreaturen … Das wirkte, Helene fürchtete Nagetiere wie ein Vampir den Knoblauch. Wie ein Nichtschwimmer die Flutwelle. Sie hatte ja sogar Angst vor dem Hamster der Enkelin.
Erich eilte davon, wieder auf seinen Langlaufskiern. Der Mann war noch da. Erich bedauerte wirklich, dass sein Gesamtkunstwerk so gar nicht gewürdigt werden würde. Er griff den Schlüssel, der unter einer geschnitzten Rübezahlfigur lag. Sehr originell! Er

stieg über den toten Yukon-Trapper, betrat das Haus, stieß die Läden auf, lüftete, wie ihm geheißen war. Die Handschellen an dem alten Gitterbett besah er lediglich kurz mit gerunzelter Stirn. Ob so was zu einem Pazifisten passte? Aber gut, auch so vegetarische Menschen frönten eben doch dem Fleischlichen, auf die eine oder andere Weise. Er, Erich Eichenfrommer, hatte wahrlich andere Probleme. Draußen griff er seine Jacke, die da wirklich sehr auffällig hing, trotz der Tarnfarbe. Auf Schnee war einfach alles auffällig. Wohin mit dem Idioten? Allmählich ging ihm der Typ wirklich auf die Nerven. Was hatte der auch unter seinem Baum verloren gehabt. Oder genaugenommen am Nebenbaum. Es eilte alles ein wenig. Er musste nachhaltiger arbeiten. Erich hatte Kopfschmerzen, eine Ader an seiner Schlafe begann zu zucken. Ein schlechtes Zeichen.

Mit dem Bündel auf der Schulter glitt Erich hinein in ein kleines Wäldchen, in dem er einen verschwiegenen Fischtümpel wusste. Mit seinem Langlaufstock versuchte er die Eisdecke aufzuhacken. Ein Knall, ein böser Schmerz durchzuckte Erichs Schulter, der Stock war zerborsten und zurückgeschnalzt. Erich war am Limit. Er fingerte in seinen Taschen umher. Dann setzte er eine neue Sprengladung. Rums, Eisbrocken flogen, eine Wasserfontäne schoss himmelwärts, dazu Schlamm. Erich blickte sich um. Als sich wieder Stille über den an sich so lauschigen Hain gelegt hatte, platzierte er den Mann im Loch. Ein putziges Bild gab der ab: saß da im Tümpel, das Mützchen und der halbe Kopf spitzten neckisch aus dem Eisloch heraus. Erich war sich nie dessen bewusst gewesen, wie flach der Tümpel eigentlich war. Es reichte, es reichte wirklich! Erich schulterte den nassen Sack und lief. Er lief lang, und das war stilistisch mit nur einseitigem Stockeinsatz und der schmerzenden Schulter eine Meisterleistung der Koordination und Körperbeherrschung. Erich lief bis zu den Bahngleisen. Legte den Mann ab. Es war keine Zeit mehr für Arrangements oder Gesamtkunstwerke. Der Zug würde alle Spuren beseitigen. Helene konnte er sein langes Ausbleiben mit einer spontanen Langlauftour erklären. Sie glaubte ihm und verwies ihn unter die Dusche. „Du stinkst wie ein Iltis."

Es wurde ein beschaulicher Heiligabend. Wie die letzten zehn Jahre auch. Sie aßen Pasteten, Helene trank viel zu viel Wein, begann zu kichern. Er wusste, was zu tun war, same procedure as every Christmas. Aber bitte, er war ein Mann, ein Offizier und Gentleman, und über Helenes Figur konnte man nichts sagen. Sie hatte sich dank Langlaufen, Yoga und Verrenkungen

vor dem Fernseh-Fitnesskanal gut gehalten für ihre sechsundfünfzig. Das Bild der pumpernickel'schen Handschellen huschte noch vorbei, Erich gab alles, und Helene schlief sofort ein. Wie jedes Weihnachten. Erich öffnete sich das eine oder auch andere tschechische Bier der Marke Staropramen.
An den beiden Weihnachtsfeiertagen vermied es Erich tunlichst, über den Mann nachzusinnen. Sie waren wie jedes Jahr am 25. und 26. in Spindlermühle im Hotel Hubertus beim Essen gewesen; Erich hatte die Ohren offen gehalten, von einer zerfetzten Leiche war nirgendwo die Rede. Davon hätte man hier auf dem Land sofort erfahren.
Am 28. Dezember kam Post. Von der Tochter und der Enkelin. Eine Zeitung hatten sie mitgeschickt mit der Notiz: Das ist doch ganz in der Nähe, oder? Helene hatte sich das Blatt gegriffen. „Schau bloß. So was passiert gar nicht weit entfernt. Und wir wissen nichts davon. Das ist ja grauenhaft!“

Vrchlabí (CZ)

Ausgerechnet am 1. Weihnachtsfeiertag machten spielende Kinder einen grausamen Fund. Auf den Gleisen der Regionalhahn lag ein Toter. Der Mann wurde als

Peter Feistenauer identifiziert. Wie sich herausgestellt hat, wurde der Rentner bereits vor zwei Wochen in Pirna von seinem Sohn als vermisst gemeldet. Herr Feistenauer muss bereits einige Tage auf den Gleisen gelegen haben, da die Regionalbahn wegen Wartungsarbeiten aber erst wieder im neuen Jahr fährt, wurde der Mann nicht eher gefunden. Rätsel geben der Polizei Holzspreißel unter seinen Nägeln auf, auch die Tatsache, dass der Mann im Wasser gelegen haben muss. Dennoch gehen die Ermittler nicht von einem Verbrechen aus, da der Mann einen Abschiedsbrief bei sich trug. Er wollte sein Leben beenden, weil er unheilbar krank war und er seiner geliebten Gattin in den Tod folgen wollte. Dazu Pjotr Zeleny von der Polizei: „Wir gehen davon aus, dass er zuerst versucht hat, auf verschiedene Art und Weise aus dem Leben zu scheiden, sich dann aber doch für einen Tod durch Tabletten entschieden hat. Große Mengen von Schlaftabletten wurden in seinem Körper gefunden."

Erich sank auf seinen Stuhl. Man hätte einfach mal in seiner Tasche nachsehen können. Das Brieflein hätte man finden können und ihn dann einfach hocken lassen. Erich stöhnte. Das hätte man tun können.
Tun müssen!

Helene tippte ihm auf die Schulter. „Mein Bär, du bist ja ganz blass. Ist mein Brummbär doch so dünnhäutig. Geht dir das so nahe, du Guter? Dabei hast du den Mann doch gar nicht gekannt."
Nein, hatte er nicht, also nicht besonders gut zumindest!

Hans Fallada

Der gestohlene Weihnachtsbaum

Ein wesentlicher Unterschied zwischen Kindern und Erwachsenen ist der, dass die Großen ungefähr wissen, was sie vom Leben zu erwarten haben, die Kinder aber erhoffen noch das Unmögliche. Und manchmal behalten sie damit sogar recht.

Seit Mitte Dezember der erste Schnee gefallen war, dachte Herr Rogge wieder an den Weihnachtsbaum und die alljährlich wiederkehrenden endlosen Schwierigkeiten, bis er ihn haben würde. Die Kinder aber nahmen allmorgendlich ihre kleinen Schlitten und zogen in den Wald, den Weihnachtsmann zu treffen. Natürlich war es einfach lächerlich, dass es in diesem Lande mit Wald über Wald keine Weihnachtsbäume geben sollte. Überall standen sie, sie wuchsen einem gewissermaßen in Haus, Hof und Garten, aber sie gehörten nicht Herrn Rogge, sondern der Forstverwaltung. Der alte Förster Kniebusch aber, mit dem Herr Rogge sich übrigens verzankt hatte, verkaufte schon längst keine Baumscheine mehr. „Wozu denn?“, fragte er. „Es kauft ja doch keiner einen. Und wenn sie sich ihren Baum lieber ‚so‘ besorgen, habe ich doch den Spaß, sie zu erwischen, und ein Taler Strafe für einen Baum, den ich ihnen aus den Händen und mir ins Haus trage, freut mich mehr als sechs Fünfziger für sechs Baumscheine.“ So würde also Herr Rogge sich entweder den Baum „so“ besorgen müssen – was er nicht tat, denn erstens stahl er nicht, und zweitens gönnte er Kniebusch nicht die Freude –, oder er würde achtzehn Kilometer in die Kreisstadt auf den Weihnachtsmarkt fahren müssen, zur Besorgung eines Baumes, der ihm vor der Nase wuchs – und das tat er erst recht nicht, und den Spaß gönnte er Kniebuschen erst recht nicht. Blieb also nur die unmögliche Hoffnung auf den Weihnachtsmann und seine Wunder, die die Kinder hatten.

Gleich hinter dem Dorf ging es bergab, einen Hohlweg hinunter, in den Wald hinein. Manchmal kamen die Kinder hier nicht weiter, über dem schönen sausenden Gleiten vergaßen sie den Weihnachtsmann und liefen immer wieder bergan. Heute aber sprach Thomas zum Schwesterchen: „Nein, es sind noch drei Tage bis Weihnachten, und du weißt, Vater hat noch keinen Baum. Wir wollen sehen, dass wir den Weihnachtsmann treffen.“

So ließen sie das Schlitteln und traten in den Wald. Was der Thomas aber nicht einmal dem Schwesterchen erzählte, war, dass er Vaters Taschenmesser in der Joppe hatte. Mit sieben Jahren werden die Kinder schon groß und fangen an, nach Art der Großen ihren Hoffnungen eine handfeste Unterlage zu verschaffen.

Der alte Kakeldütt war das, was man früher ein „Subjekt“ nannte, wahrscheinlich, weil er so oft das Objekt behördlicher Fürsorge war. Aus dem mickrigen Leib wuchs ihm ein dürrer, faltiger, langer Hals, auf dem ein vertrocknetes Häuptlein wie ein Vogelkopf nickte. Wenn der Herr Landjäger sagte: „Na, Kakeldütt, denn komm mal wieder mit! Du wirst ja wohl auch allmählich alt, dass du vor den sehenden Augen von Frau Pastern ihre beste Leghenne unter deine Jacke steckst“, dann krächzte Kakeldütt schauerlich und klagte beweglich: „Ein armer Mensch soll es wohl nie zu was bringen, was? Die Pastern hat ’ne Pieke auf mich, wie? Und Sie haben auch ’ne Pieke auf mich, Herr Landjäger, wie? Natürlich in allen Ehren und ohne Beamtenbeleidigung, was?“ Und bei jedem Wie und Was ruckte er heftig mit dem Häuptlein, als sei er ein alter Vogel und wolle hacken. Aber er wollte nicht hacken, er ging ganz folgsam und auch gar nicht zufrieden mit.

Wir aber als Erzähler denken, wir haben unsere Truppen nun gut in Stellung gebracht und die Schlacht gehörig vorbereitet: hier den alten Förster Kniebusch, der

gern Tannenbaumdiebe fängt. Dort den Vater Rogge, in Verlegenheit um einen Baum. Ziemlich versteckt das anrüchige Subjekt Kakeldütt mit großer Findigkeit für fragwürdigen Broterwerb, und als leichte Truppen, die das Gefecht eröffnen, Thomas mit dem Schwesterchen, ziemlich gläubig noch, aber immerhin mit einem nicht einwandfrei erworbenen Messer in der Tasche. Im Hintergrund aber die irdische Gerechtigkeit in Gestalt des Landjägers und die himmlische, vertreten durch den Weihnachtsmann. Alle an ihren Plätzen? Also los!
Das Erste, was man durch den dick mit Schnee gepolsterten, stillen Wald hört, ist: ritze-ratze, ritze- ratze... Kakeldütt, erfahrener auf dunklen Pfaden als der siebenjährige Thomas, weiß, dass ein Tannenbaum sich schlecht mit einem Messer, gut mit einer Säge von den angestammten Wurzeln lösen lässt.
Herr Rogge, im Zwiespalt mit sich, greift nach Pelzkappe und Handstock: Hat man keinen Tannenbaum, kann man sich doch welche im Wald beschauen. Kniebusch stopft seine Pfeife mit Förstertabak, ruft den Plischi und geht gegen Jagen elf zu, wo die Forstarbeiter Buchen schlagen. Die Kinder haben unter einem Ginsterbusch im Schnee ein Hasenlager gefunden, hinten ist es zart gelblich gefärbt.
„Osterhas Piesch gemacht!“, jauchzt Schwesterchen.

Die alte gichtige Brommen aber hat schon zwanzig Pfennig für den Kakeldütt, der ihr weißwohlwas besorgen soll, bereitgelegt. Ritze-ratze… Ritze-ratze … Förster Kniebusch – die akustischen Verhältnisse in einem Walde sind unübersichtlich –, Förster Kniebusch ruft leise den Hund und windet. „I du schwarzes Hasenklein! War das nun drüben oder hinten –? Warte, warte …"
Ritze-ratze …
Thomas und das Schwesterchen horchen auch. Schnarcht der Weihnachtsmann wie Vater –? Hat er Zeit, jetzt zu schnarchen –?! Friert er nicht –? Erfriert er gar – und ade der bunte Tisch unter der lichterleuchtenden Tanne?!
Ritze-ratze …
Herr Rogge hat die Fußspuren seiner Kinder gefunden und vergnügt sich damit, ihre Spuren im Schnee nachzutreten, mal Schwesterchens, mal Brüderchens. Auch er findet das Hasenlager, auch er spitzt die Ohren. ‚Thomas wird doch keine Dummheiten machen?', denkt er. ‚Ich hätte doch in die Stadt fahren sollen.'
„Ach nee, ach nee", stöhnt ganz verdattert Kakeldütt, wackelt mit dem Vogelkopf und starrt auf die Kinder. „Wer seid denn ihr? Ihr seid wohl Rogges –?"
„Das ist der Weihnachtsbaum", sagt Thomas ernst und betrachtet die kleine Tanne, die mit ihren dunklen

Nadeln still im Schnee liegt.
„Weihnachtsbaum – Weihnachtsmann“, brabbelt Schwesterchen und sieht den ollen Kakeldütt zweifelnd an. Ist das ein echter Weihnachtsmann? Enttäuschung, Enttäuschung – ins Leben wachsen heißt ärmer werden an Träumen.
„Ich hab ’nen Baumschein vom Förster, du Roggejunge“, verteidigt sich Kakeldütt ganz unnötig.
„Hilfst du mir auch bei unserer Tanne?“, fragt Thomas und greift in die Joppentasche. „Ich hab ein Messer.“
In Kakeldütts Hirn erglimmen Lichter. Rogges haben Geld. Sie zahlen nicht nur zwanzig, sondern fünfzig Pfennig für einen Weihnachtsbaum. Sie zahlen eine Mark, wenn Kakeldütt den Mund hält. „Natürlich, Söhning“, krächzt er und greift wieder zur Säge. „Nehmen wir gleich den –?“
Herr Rogge auf der einen, Förster Kniebusch auf der andern Seite der Tannen enttauchend, sehen nur noch Thomas und Schwesterchen. Keinen Kakeldütt.
„Thomas!“, ruft Herr Rogge drohend.
„Rogge!“, ruft Kniebusch triumphierend.
„Nanu!“, wundert sich Thomas und starrt auf die Äste, die sich noch leise vom weggeschlichenen Kakeldütt bewegen.
Der Sachverhalt aber ist klar: ein abgeschnittener Baum,

ein Junge mit einem Messer in der Hand …
„Ich freu mich, Rogge“, sagt Kniebusch und freut sich ganz unverhohlen. „Stille bist, Plischi!“, kommandiert er dem Hund, der in die Schonung zieht und jault.
„Du glaubst doch nicht etwa, Kniebusch?“, ruft Rogge empört. „Thomas, was hast du getan?! Was machst du mit dem Messer?“
„Deinem Messer, Rogge“, grinst Kniebusch.
„Hier war ’n Mann“, sagt Thomas unerschüttert.
„Wo ist der Mann hin?“
„Weihnachtsmann weg!“, kräht Schwesterchen.
„Sollst du lügen, Tom?“, fragt Herr Rogge zornig. „Ekelhaft ist so was! Komm, sage ich dir …“ Und mit

aller väterlichen Konsequenz eilt er mit erhobener Hand auf den Sohn zu. Ausgerechnet angesichts von Kniebusch als Waldfrevler erwischt! Nichts mehr scheint eine väterliche Tracht Prügel abwenden zu können.
„Halt mal, Rogge!", sagt Förster Kniebusch mit erhobener Stimme und zeigt mit dem Finger auf den frischen Baumstumpf. „Das ist gesägt und nicht geschnitten."
Rogge starrt. „Wo hast du die Säge, Junge?"
„Hier war 'n Mann", beharrt Thomas.
„Und recht hat der Junge, und du hast unrecht, Rogge", freut sich der Kniebusch. „Da die Spuren – das sind nicht deine und nicht meine. – Und hast du überhaupt meistens und immer unrecht, Rogge. Damals, als wir uns verzürnt haben, hattest du auch unrecht. Fische können nicht hören! Du bist rechthaberisch, Rogge, und

was war hier für ein Mann, Junge?"
„Ein Mann."
„Und wenn ich dieses Mal unrecht habe, aber ich hab's nicht, denn wozu hat er das Messer? – Damals hatte ich doch recht. Und Fische können sehr wohl hören …!"
„Unsinn – in den Kuscheln muss er noch stecken, Rogge! Los, Plischi, such, du guter Hund! Los, Rogge, den Kerl zu fassen soll mir zehn Weihnachtsbäume wert sein. Los, Junge, fass deine Schwester an, wenn du ihn siehst, schreist du!"
Und los geht die Jagd, immer durch die Tannen, wo sie am dicksten stehen.
„Weihnachtsmann!", ruft Schwesterchen. Die Tannennadeln stechen, und der Schnee stäubt von den Zweigen in den Nacken.
„Also lassen wir es", sagt nach einer Viertelstunde Förster Kniebusch missmutig. „Weg ist er. Wie in den Boden versunken. – Du kannst doch die Tanne brauchen, fünfzig Pfennig zahlst du, und so hat das Forstamt wenigstens was von dem Gejachter."
Aber wo ist die Tanne? Dies ist der Platz, denn hier steht der Stumpf – aber wo ist die Tanne?
„I du schwarzes Hasenklein!", sagt Förster Kniebusch verblüfft. „Der ist uns aber über, Rogge! Holt sich noch den Baum, während wir hier auf ihn jagen. Na, warte,

Freundchen, wenn ich dir mal wieder begegne! Denn die Katze lässt das Mausen nicht, und einmal treffe ich sie alle... Gib mir das Messer, Junge, damit ihr wenigstens nicht leer nach Hause geht. Ist der dir recht, Rogge? Schneidet sich elend schlecht mit 'nem Messer, das nächste Mal bringst du besser 'ne Säge mit, Junge, weißt du, einen Fuchsschwanz ..."

„Kniebusch –!", schreit Herr Rogge förmlich. Aber auf diesen Streit der beiden brauchen wir uns nicht auch noch einzulassen, er ist schon alt und wird aller Wahrscheinlichkeit nach noch sehr viel älter werden. Jedenfalls fasste Thomas auf dem Heimweg seine Meinung dahin zusammen: „Ich glaube, es war doch der Weihnachtsmann, Vater. Sonst hätt er doch nicht so verschwinden können, Vater! Wo der Hund mit war."

„Möglich, möglich, Tom", bestätigte Herr Rogge.

„Aber, Vater, klauen denn die Weihnachtsmänner Weihnachtsbäume?"

„Ach, Tom –!", stöhnte Herr Rogge aus tiefstem Herzensgrunde – und war sich gar nicht im Klaren darüber, wie er diesen Wirrwarr in seines Sohnes Herzen entwirren sollte. Aber schließlich war in drei Tagen Weihnachten. Und vor einem strahlenden Tannenbaum und einem bunten Bescherungstisch werden alle Zweifel stumm und alle Kinderherzen gläubig.

Gabi Neumayer

Die Nase des Rentiers

Nick lief trotz des schweren Rucksacks leichtfüßig durch die Nacht. Er hielt Ausschau nach einem Haus mit dem gewissen Etwas – manche Häuser schienen ihn anlocken zu wollen und Nick schlug eine solche Einladung selten aus. Schon gar nicht zu Weihnachten. Den größten Teil des Jahres fühlte er sich hoffnungslos unterfordert. Anders als die meisten Kollegen fasste er seinen Beruf nämlich kreativ auf. Doch leider traf er fast nie auf einen ebenbürtigen Gegner – einen, der sein Geld vielleicht in der Vorhangstange aufbewahrte oder den Schmuck im Abfluss versteckte.

In der Weihnachtszeit aber liebte Nick seinen Beruf. Kein Geld unter der Matratze, kein Schmuck im Gefrierfach – keine langweilige Routine eben. Stattdessen konzentrierte er sich auf die Geschenke. Erst unter dem eigenen Weihnachtsbaum zu erfahren, was er erbeutet hatte, das war Nervenkitzel nach seinem Geschmack.

An diesem Weihnachtsabend hatte er gleich im ersten Haus, das ihn „eingeladen“ hatte, seinen Rucksack fast gefüllt. Nick warf einen kurzen Blick auf die Rolex an seinem Handgelenk – sein Lieblingsgeschenk vom letzten Weihnachtsfest. Ein Einbruch noch, dann würde er nach Hause gehen, einen heißen Grog trinken und sich schlafen legen. Am nächsten Morgen würde er dann ganz früh aufwachen, weil er es nicht erwarten konnte, seine Geschenke auszupacken.
Die Luft war kalt und trocken, es roch nach Schnee. Nick schlug den Kragen seines schwarzen Anoraks hoch und wickelte sich den schwarzen Schal fester um den Hals. Ringsumher leuchteten goldene und bunte Lichter in den Bäumen und Fenstern.
Plötzlich sprang es ihn an: ein kleines, rotes Blinken, das Aufregung und Abenteuer versprach. Nick schlich näher. An diesem Haus, einem düsteren Klotz, wäre er sicher vorbeigegangen, wäre da nicht dieses Licht gewesen. Nun konnte er sehen, dass es zu einem meterhohen Plastikrentier gehörte. Das Tier grinste freundlich. Seine leuchtende Nase deutete auf die Westseite des Hauses.
Nick ließ sich nicht lange bitten.
Leise schloss er die Glastür hinter sich und wartete einen Moment, bis sich seine Augen an das Dunkel

gewöhnt hatten. Das Wohnzimmer war riesig. In einem wuchtigen Kamin glommen die Reste schenkeldicker Holzscheite, und der Weihnachtsbaum – gleich neben einer geschwungenen Freitreppe – ragte mindestens fünf Meter in die Höhe.

Nicks Blick wanderte am Baum hinunter Er seufzte. Offenbar hatte sich in diesem Haus eine Großfamilie versammelt – von den Geschenken würde er nur einen Bruchteil mitnehmen können. Und er musste besonders vorsichtig sein, wenn so viele Menschen im Haus waren.

Er lauschte, sah sich um und war dann mit wenigen Schritten beim Baum. Prüfend nahm er ein kleines Päckchen mit einer blassgrünen Schleife in die Hand.

„Hallo?"

Nick zuckte zusammen und ließ das Geschenk fallen. Oben auf der Treppe stand ein kleines Mädchen, fünf oder sechs Jahre alt, und starrte ihn genauso entgeistert an wie er die Kleine. Sie drückte eine dieser neuen Mumienpuppen an sich. Einige Mullbinden hatten sich gelöst und schleiften hinter ihr her, als sie nun vorsichtig Stufe um Stufe nach unten kletterte.

Nick überlegte fieberhaft. Das ganze Haus war vermutlich voller Eltern und Geschwister, Onkel und Tanten und Großeltern. Diese Situation erlaubte kein künstlerisches Vorgehen. Er musste einfach warten, bis das Mädchen direkt vor ihm stand, es dann packen, ihm den Mund zuhalten …

Alle Muskeln angespannt, wartete Nick darauf, dass die Kleine endlich die letzten Stufen bewältigte. Doch sie blieb in sicherer Entfernung stehen.

„Wer bist du?"

Nick schwieg.

„Ich geh Papa holen", sagte sie, und schon war sie wieder auf dem Weg nach oben.

Nun mach schon, feuerte Nick sich an. Du suchst doch immer kreative Herausforderungen. Hier ist eine. Mach was draus!

„Hoho", sagte er mit brummiger Stimme.

Das Mädchen blieb stehen. Ihre Augen wurden groß und rund.

„Mann", sagte sie, „du bist doch nicht etwa …?"

„Hoho!" Nick nickte und legte den Zeigefinger an die Lippen.

„Aha." Das Mädchen grinste. „Und keiner darf dich sehen, stimmt`s?"

„Hoho."

„Kannst du nicht mal was anderes sagen?"

Komm endlich runter und lass dich knebeln, dachte Nick, aber das Mädchen hatte sich zwei Meter über

ihm auf eine Stufe gesetzt und machte keine Anstalten, näher zu kommen.
„Komm doch herunter“, flüsterte er und lächelte so weihnachtsmännisch, wie er konnte. „Dann können wir uns viel besser unterhalten.“ Er machte einen Schritt auf die Kleine zu.
„Kommt nicht infrage.“ Sie stieg schnell zwei Stufen hinauf und beäugte misstrauisch seinen großen, schwarzen Rucksack. „Wie viele Kinder hast du denn schon da drin?“
Nick verdrehte die Augen.
„Ich stecke schon lange keine Kinder mehr in den Sack“, sagte er. „Ich habe hier nur viele schöne Geschenke. Willst du sie dir nicht mal ansehen?“
„Aber das geht doch nicht!“ Die Kleine war entrüstet. „Die Geschenke dürfen wir doch erst morgen auspacken!“
Nick biss sich auf die Unterlippe. Offenbar waren die Kinder heutzutage nicht mehr so leicht zu beeindrucken. Hätte er als Kind den Weihnachtsmann überrascht, er wäre bestimmt vor Ehrfurcht erstarrt – und ganz sicher wäre es ihm niemals in den Sinn gekommen, ihm zu widersprechen!
Aber es kam noch schlimmer.
„Und überhaupt“, sagte das Mädchen, „du siehst gar nicht aus wie der Weihnachtsmann.“

„Ach nein? Woher weißt du das denn? Du hast den Weihnachtsmann doch noch nie gesehen, oder?“ Nick setzte einen strengen Knecht-Ruprecht-Blick auf.

Doch die Kleine zeigte keine Spur von Angst. Sie kam wieder zwei Stufen herunter. Immer noch in sicherer Entfernung, stemmte sie eine Hand in die Hüfte.

„Also, jeder weiß doch, wie der Weihnachtsmann aussieht. Zum Beispiel hat er keine schwarzen Klamotten an, sondern rote, und außerdem hat er einen weißen Bart und er ist viel älter als du und …“

„Moment mal, meine Kleine“, versuchte Nick ihren Redeschwall zu unterbrechen. Aber sie schleuderte ihm einen weiteren Trumpf entgegen: „Und außerdem kennt der Weihnachtsmann alle Kinder – weißt du, wie ich heiße? Na?“ Sie setzte sich wieder hin. Wie eine Staatsanwältin, die nach ihrem Schlussplädoyer wüsste, dass sie den Prozess gewonnen hatte.

„Du bist offensichtlich ein besonders aufgewecktes Kind“, stieß Nick zwischen zusammengebissenen Zähnen hervor. Zwar war ihm bewusst, dass er hier mit Schmeicheleien nichts erreichen würde, aber zumindest gewann er etwas Zeit. Na los, lass dir etwas einfallen!, trieb er sich an. Dieses kleine Biest ist kurz davor, das ganze Haus aufzuwecken.

„Also, erst einmal …“ Er sah sich hektisch nach etwas um, was ihn inspirieren könnte. Sein Blick fiel auf den Kamin. Anklagend deutete er darauf. „Erst einmal sollte man am Weihnachtsabend kein Feuer im Kamin machen. Das ist sehr unhöflich dem Weihnachtsmann gegenüber. Probier's ruhig aus und rutsch selbst mal durch einen schwarzen, verrußten Kamin. Ich wüsste gern, wie deine Klamotten danach aussehen – von den verbrannten Füßen mal ganz abgesehen.“ Draußen keuchte ein altersschwacher Motor. Nick sah das Mädchen herausfordernd an. „Hörst du das?“, fragte er. „Euer rauchender Kamin bringt sogar meine Rentiere auf dem Dach zum Husten. Als ob der arme Rudolph mit seiner roten Nase nicht schon genug Kummer hätte!“

Die Kleine nagte schweigend an einer mullumwickelten Puppenhand. Beflügelt von seinem ersten Erfolg, fuhr Nick fort: „Und weil es so viele rücksichtslose Menschen wie euch gibt, die den Kamin zu Weihnachten brennen lassen, bin ich auf schwarze Kleidung umgestiegen. Und was meinen Bart angeht – hast du eine Ahnung, wie gut ein langer, weißer Bart brennt? Na?“

Das Mädchen schüttelte mürrisch den Kopf. Allmählich machte Nick die Sache richtig Spaß.

„Also habe ich mir selbst dieses Jahr einen Rasierapparat geschenkt. Und zu deinem Namen: Mein Computer ist mir vor einem Monat abgestürzt – mit den Namen aller Kinder drin.“

Die Kleine öffnete den Mund. Aber Nick war inzwischen gut in Fahrt und ließ sie nicht zu Wort kommen.

„Ich weiß schon, was du sagen willst: Ich hätte ein Back-up anlegen sollen.“

Das Mädchen machte den Mund wieder zu.

„Und dass ich so jung aussehe, ist auch leicht zu erklären“, beendete Nick seine Beweisführung. „Mit Bart sieht man immer älter aus.“ Er machte einen Schritt auf die Treppe zu, aber die Kleine sprang sofort auf und kletterte eine Stufe höher.

„Du bist nicht der Weihnachtsmann“, sagte sie laut. „Du bist ein Einbrecher!“

Nick musterte sie scharf. Diese Göre war ein zäher Gegner, und er würde ihr einen unwiderlegbaren Beweis dafür präsentieren müssen, dass er der Weihnachtsmann war. Sofort.

„Und was ist das hier?“ Nick schüttete den Rucksack aus. „Bringen Einbrecher etwa Geschenke mit?“

Die Kleine grinste, und schon bevor sie sprach, wusste Nick, dass sie gewonnen hatte. „Sind die alle für mich?“

TNT

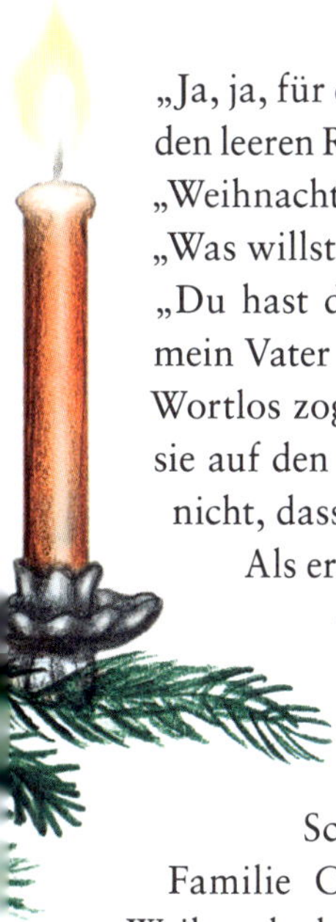

„Ja, ja, für dich und deine Familie.“ Er schulterte den leeren Rucksack und wandte sich zum Gehen.

„Weihnachtsmann?“

„Was willst du denn noch?“

„Du hast da eine schöne Uhr. So eine hat sich mein Vater schon immer gewünscht.“

Wortlos zog Nick die Rolex vom Arm und warf sie auf den Geschenkeberg. „Du erwartest wohl nicht, dass ich sie einpacke.“

Als er durch den Vorgarten stapfte, begann es zu schneien. Das Rentier blinkte unverdrossen vor sich hin und grinste.

Am nächsten Morgen lag der Schnee dick und weiß. Im Haus der Familie Carpenter brannten die Kerzen am Weihnachtsbaum, es duftete nach Plätzchen und Kakao. Als Kathy ins Wohnzimmer kam, hatten sich alle anderen schon vor dem Baum versammelt.

Kathy ließ unbemerkt ein kleines Päckchen neben ihrem Vater fallen und setzte sich zu ihrem kleinen Bruder.

Er strahlte sie an und schwenkte sein neues Videospiel. „Guck mal, Kathy, Mumien im Weltall! Ist das nicht toll?“

„Nanu, ich dachte, ihr seid gegen solche Spiele", sagte Onkel Mike zu Kathys Mutter. Die sah ihren Mann hilflos an und zuckte mit den Schultern.
Opa Carpenter hatte ein winziges Paket geöffnet und stieß einen Freudenschrei aus. Er umarmte seine Schwiegertochter. „Danke, mein Kätzchen! Ein Gutschein für ein Formel-1-Wochenende in Indianapolis, das ist doch mal was anderes als ein Pyjama! – Nicht dass ich keine Pyjamas mag", fügte er nach einem Blick in ihr Gesicht hinzu.
Kathy strahlte, als sie ihren neuen Laptop auspackte. Danke, Weihnachtsmann, dachte sie. Und es tut mir Leid, dass ich dir nicht geglaubt habe.
Ihr Vater hob ein kleines Geschenk hoch. Es war in einfaches Zeitungspapier gewickelt, das von einem Haushaltsgummi zusammengehalten wurde. „Na, von wem ist denn das wohl?", murmelte er.
„Vom Weihnachtsmann natürlich!", sagte Kathy streng.
In der kleinen Wohnung roch es nach Kaffee mit Rum und altem Kuchen. Nick hatte schlecht geschlafen. Er saß am Küchentisch, starrte vor sich hin und nippte an seinem Kaffee.
Dieses kleine Biest hatte ihn völlig aus dem Konzept gebracht. Wie hatte es nur so weit kommen können,

dass er der Kleinen all seine Geschenke gegeben hatte – sogar seine geliebte Rolex? Müde schüttelte er den Kopf und kratzte sich am Kinn.
Doch dann richtete er sich auf. „Na, komm schon", sagte er laut. „Du hast dir doch immer einen ebenbürtigen Gegner gewünscht! Und die Kleine war wirklich gut…"
Er nahm seine Tasse und schlenderte zum Fenster. Friedlich sah es aus, friedlich und ruhig. Nick blickte in den Schnee hinaus. Es war trotz allem immer noch Weihnachten. Und ein Geschenk hatte er sich am Ende ja doch noch gemacht.
Er hob die Tasse und prostete seinem Geschenk draußen auf dem Balkon zu. Das Rentier blinkte fröhlich zurück.

Ingrid Noll

Goldene Löffel

Früher, als Josefa noch lebte, sah es in Gala Barca anders aus: Zwischen Felsküste und Kiefernwald standen nur wenige Villen reicher Ausländer. Josefa putzte die Häuser von fünf Franzosen und einer reichen Gräfin aus Frankfurt, stritt mit dem Gärtner, wenn sie fand, dass er zu schlampig gegossen hatte, und hielt Kontakt mit dem Gasprüfer und anderen kommunalen Abgesandten. Kurz gesagt, es war ein Vertrauensposten, denn die Herrschaften waren ja die meiste Zeit des Jahres nicht anwesend.

So umsichtig wie ihre Vorgängerin war Pilar nicht, schließlich hatte sie noch anderes im Kopf, doch wuchs ihre Achtung vor Tante Josefa postum Jahr für Jahr. Wenn die Gräfin Weihnachten auf Mallorca feierte und ihre deutsche Verwandtschaft anrückte, hatte es Stress für ihre Tante gegeben. Nun hatte man erwartet, dass wenigstens die Trinkgelder reichlich flössen, aber davon konnte nicht die Rede sein. Man ließ sich bedienen und es dabei bewenden. Alle fünf Jahre fand im Sommer ein Klassentreffen statt, auf dem sich die zehn eingeladenen Veteraninnen kaum anders benahmen. Schon Tage vor dem Ereignis ließ sich die Gräfin massieren und einölen, um als Schönste unter den alten Krähen zu glänzen.

Irgendwann musste es selbst der fleißigen Josefa zu viel geworden sein. Als wieder einmal zwölf oder mehr Personen die Feiertage hier verbrachten, als eine deutsche Köchin eine deutsche Gans zu deutschem Rotkohl bereitete, hatte sie sich derartig aufgeregt, dass sie einen Herzinfarkt bekam und starb. Nach ihrem Tod erbte Pilar nicht nur Josefas Häuschen, sondern übernahm auch ihre Aufgaben und putzte bei denselben Familien. Schon im Voraus hatte sie regelrechte Panik vor dem gräflichen Weihnachtsfest: erstens weil ihre Tante anlässlich dieser Überforderung gestorben war, zweitens weil sie nun selbst den gleichen Kraftakt bewältigen musste. Im Gegensatz zu Josefa hatte Pilar einen Mann und Kinder, die ihrerseits Ansprüche stellten. Sollte sie kündigen? Sie beschloss, sich wenigstens im ersten Jahr der schwierigen Aufgabe zu stellen.

Die Gräfin war kinderlos. Früher war sie wohl mehrmals im Jahr hierhergekommen, jetzt waren ihr die häufigen Flüge zu beschwerlich. Wenn Pilar die Franzosenhäuser in der Nähe saubermachte und sah, dass Esteban in der deutschen Villa die Pflanzen sprengte, dann lief sie schnell auf einen Schwatz hinüber. Der Gärtner war fast so alt wie die Gräfin und erzählte, dass sie dreimal Witwe wurde. „In ihrer Jugend war sie eine bildschöne Frau", sagte er, und seine trüben Augen bekamen einen feurigen Glanz, „bei den ersten beiden Männern ist sie reich, beim dritten adlig geworden."
Seit ihrer vierten Gesichtsstraffung konnte von Schönheit allerdings nicht mehr die Rede sein. Ähnlich ihrer Villa war sie renovierungsbedürftig, im Gegensatz zu einem Haus jedoch nicht mehr tauglich dafür. Aber wie in jungen Jahren fragte sie jeden Sommer: „Esteban, hast du auch das Meer geprüft?" Wenn er keine Quallen gesichtet hatte, auf die sie allergisch reagierte, schwamm sie eine Viertelstunde im warmen Wasser und gerbte dann ihren Eidechsenbauch auf dem Sonnendach. Von dort aus konnte sie direkt das Schlafzimmer betreten, ein rundes Turmgemach mit sechs Fenstern und neun Spiegeln. Es war wohl einmal eine richtige Liebeslaube gewesen.

Da sie nun alt und reich geworden war, klammerte sich die Gräfin heftiger denn je an ihre weitläufige Familie, deren Mitglieder allerdings nicht „von“ und „zu“, sondern „Schulz“ und „Schmitt“ und Hessisch sprachen. Ihre triefäugige Schwester Traudel hatte insgesamt neun Enkel zwischen 15 und 28, die von der Gräfin als Hoffnungsträger und Lichtblick ihres Lebensabends angesehen wurden.
Pilar hatte eine andere Meinung über diese arroganten Herrchen und ihre faulen, aufgetakelten Schwestern. Die Gräfin ging zwar früh ins Bett, aber die jugendlichen Verwandten soffen bis in die Puppen und mussten am anderen Tag zum Nachmittagskaffee geweckt werden. Wenn Pilar saubermachen wollte, wusste sie kaum, wo anfangen. In allen zugänglichen Zimmern stolperte sie über Rucksäcke und Turnschuhe und stieß auf überquellende Aschenbecher und leere Gläser, in die Schlafzimmer traute sie sich erst gar nicht hinein.
Ihr besonderes Missfallen erregte jedoch der gräfliche Liebling und vorgesehene Erbe. Es war ein junger Mann namens Sascha, mit Pferdeschwanz, Schlapphut und Ohrringen, der nie den langen Mantel auszog und von seinen hilflosen Eltern in ein Internat gesteckt werden sollte. Zu allem Überfluss hatte er einen sab-

bernden Köter angefüttert, der Pilar stets die Beine ablecken wollte. Da die drei Toiletten dem Ansturm nicht immer gewachsen waren, sah sie Hund und Herrn ungeniert gegen Estebans Schubkarre pinkeln. Zwar hielt sich Sascha für einen lustigen Charmeur, erreichte aber durch Süßholzraspeln und distanzlose Frechheiten bei Pilar das Gegenteil. Als stolze Mallorquinerin, die gut und gern doppelt so alt war, fühlte sie sich in ihrer Würde getroffen, wenn er sie herumkommandierte und Witze über ihre Oberweite machte.
Als wieder Ruhe einkehrte, weil die Heuschreckenplage am 2. Januar glücklicherweise abschwirrte, ging es ans große Aufräumen. Doch als die Gräfin die Bestecke in den Schrank schließen wollte, versuchte sie vergeblich, die geliftete Stirn zu runzeln, denn es funkelten nur noch 23 goldene Löffelchen im Kasten. Nicht etwa, dass man wie im Märchen von goldenen Tellern aß, auch Messer und Gabeln waren vom üblichen 800er-Silber, aber die Dessertlöffel – Adel verpflichtet – waren aus reinem Gold. Natürlich befragte sie zuerst Pilar, die eifrig beim Suchen half. Es fanden sich zwar eine vermisste Brille im Zwiebelkorb, Kaugummis unter der Esstischplatte, das Foto eines tätowierten Unbekannten und mehrere Taschentücher,

Knöpfe und Sektkorken unter Sofas und Teppichen, aber der Löffel war weg. Der arme Esteban musste den Inhalt eines prallen Müllsacks verlesen, was jedoch auch nichts einbrachte.
Erst als Pilar gute zwei Wochen später Zeit fand, ihren eigenen Haushalt in Ordnung zu bringen, und ihre schmutzige Kittelschürze in die Waschmaschine stopfte, bemerkte sie verblüfft einen harten Gegenstand in der Tasche. Obgleich sie an diesem Tag eigentlich frei hatte, schwang sie sich doch unverzüglich aufs Fahrrad, um der Gräfin die gute Nachricht zu überbringen.
Frohgemut betrat sie die Küche, den goldenen Löffel triumphierend in der Hand, als sie hörte, wie im Zimmer nebenan der Name ihrer Tante ausgesprochen wurde. Pilar hatte keine Probleme mit der deutschen Sprache und verharrte lauschend. Die Gräfin telefonierte offensichtlich mit ihrer Schwester: „Leider hat sich Josefa letztes Jahr an unserer Gans überfressen und ist an einer Gallenkolik gestorben“, vernahm die fassungslose Pilar, denn das stimmte nicht. Die Gräfin fuhr fort: „Aber weißt du, Traudel, ehrlich sind hier alle, Esteban besonders. In all den Jahren ist niemals etwas abhandengekommen. Josefas dicke Nichte, ich vergesse immer ihren Namen, ist überdies

viel zu dumm zum Klauen." Grimmig steckte Pilar den Löffel wieder ein und spitzte weiter die Ohren. „Ja, natürlich, Löffel geraten schon mal mitsamt dem Joghurtbecher eher in den Mülleimer, aber ich habe einen ganz anderen Verdacht. Nächstes Jahr werde ich Kusine Martha nicht mehr einladen." Ohne dass sie bemerkt wurde, verzog sich Pilar. Eigentlich wollte sie dem ganzen Ärger durch eine Kündigung entgehen, wurde aber erstaunlicherweise vom eigenen Mann zum Aushalten überredet. Immerhin hatte sie zwischen Heiligabend und Neujahr täglich mehrere unvollständig geleerte Schnapsflaschen mit nach Hause gebracht. Inzwischen war auch ein Plan in ihr herangereift.

Im nächsten Jahr war Sascha zwar älter, aber noch aufdringlicher geworden, machte einer 15-jährigen Nervensäge namens Mandy den Hof und schickte Pilar zum Zigarettenholen ins Dorf. Selbst die Gräfin betrachtete ihren Favoriten mit leichter Ernüchterung. Diesmal war es kein Zufall, dass zwei goldene Löffel verschwanden. Pilar bemerkte mit Genugtuung, wie die Gräfin auf einem Notizblock die Namen ihrer senilen und infantilen Verwandten auflistete und mit Haken oder Fragezeichen versah.

Ihr rotnasiger Schwager Benno war der zweite, den

sie im Visier hatte; schon vor Jahren war er durch betrügerischen Bankrott unangenehm aufgefallen, danach durch permanentes und zudringliches Schnorren. Jetzt, wo er gänzlich unbrauchbar und läppisch geworden war, grapschte er nach halbwüchsigen Nichten. Die Gräfin beschloss, ein für alle Mal mit Benno zu brechen. Allerdings hatte das zur Folge, dass ihre Schwester Traudel, beleidigt über diesen Ausschluss, nun auch nicht mehr kommen mochte.

Es war schon eine gewisse Erleichterung für Pilar, drei Personen weniger bedienen zu müssen. Trotzdem waren es noch zu viele, wie sie fand, und ein Grund zum beherzten Handeln lag vor.

Zwar musste sich die Gräfin beim Fehlen von vier weiteren Löffeln eingestehen, dass sie die Falschen verdächtigt hatte, aber da sie den wahren Grund für die abgebrochenen Beziehungen nie ausgesprochen hatte, konnte sie nichts zurücknehmen. Sie kam nicht umhin, auch Sascha zu verstoßen, obgleich es ihr selbst sehr wehtat.

Da sich der Junge aber stets im Glanz ihrer Zuneigung gesonnt hatte, forderte er eine Begründung für den Bannfluch. „Du stiehlst seit Jahren meine goldenen Löffel!“, bekam er, außer einigen ihm unverständlichen Ausdrücken wie „defraudant“ und „cochonnerie“, zu hören. Sascha beteuerte vergeblich seine Unschuld. Auch seine bisher erfolgreichen Schmeicheleien stießen auf taube Ohren, die „beste aller Großtanten“ änderte ihr Testament und enterbte ihn.

Pilar überlegte, wie viel man ihr in Barcelona für die Löffel auszahlen und ob die Summe für ein gebrauchtes Auto reichen würde. Die Gräfin hatte sich mit ihrer gesamten Verwandtschaft heillos überworfen und kam fortan nur noch im Sommer nach Mallorca. Sie hatte immer noch genug Goldlöffel, um in diesen vierzehn Tagen jeden Mittag mit einem anderen ihren Zitronensaft umzurühren.

Eines Tages, als Pilar die Einfahrt des Nachbarhauses kehrte, wurde sie von Esteban herbeigewinkt, „Gestern musste ich sie nach Palma fahren“, erzählte er mit schadenfrohem Grinsen, „und zwar zu einem Antiquitätenhändler, der auf Edelmetalle spezialisiert ist. Um zu wissen, was sie – auf Heller und Pfennig genau – durch den Diebstahl verloren hat, wollte sie ihre Löffel schätzen lassen. Ich stand selbst daneben, als der Fachmann die Lupe nahm, wog und kratzte. Du wirst es kaum glauben, Pilar, die Löffel sind nur mit einer dünnen Goldschicht überzogen und nicht viel wert.“

Pilar fühlte sich betrogen. Doch als kurz vor dem geplanten Klassentreffen eine forcierte Schönheitspflege auf dem Programm stand, wusste Pilar plötzlich, was zu tun war.
Eine glibberig-glasige Qualle wurde mit einem Rest Bodylotion in der Küchenmaschine zu einer perfekten Emulsion verarbeitet. Mit goldenem Löffel füllte Pilar das teuflische Elixier in ein kostbares blaues Glasfläschchen, aus dem sie die allergen-getestete Schönheitsmilch entfernt hatte; am Abend vor dem Eintreffen ihrer Freundinnen würde die Gräfin zweifellos ihre überempfindliche Haut mit einer großzügigen Dosis Quallenmixtur verwöhnen. Es war damit zu rechnen, dass sie ihren Gästen nur verschleiert entgegentreten konnte, falls es nicht weitaus schlimmer kam.

Susanne Mischke

Oh Tannenbaum

Als Luise die Axt niederlegte, war nur noch ein blutender Stumpf übrig.
Sie wischte sich den Schweiß von der Stirn, ging in die Küche und stärkte sich mit einem Schluck Malteser. Dann telefonierte sie.
„Knochenhauer, Bachstelzenweg 12. Man kann ihn jetzt abholen. Ja, sofort." Grußlos legte sie auf.
Sie wartete am Küchenfenster. Grimmig schaute sie auf die gen Himmel gereckten Glieder des geschlagenen Feindes. Acht Meter sattes, ahnungsloses Grün verstopften die Garageneinfahrt.
… wie grün sind deine Blätter … ging es ihr durch den Sinn. Aber nicht mehr lange! Vielleicht streifte die saftigen Nadeln just in diesem Augenblick der Todeshauch? Luise Knochenhauer grübelte nicht länger darüber nach, sondern nahm lieber noch einen Malteser zur Brust.

Wie und wann die Tragödie ihren Anfang nahm, lässt sich schwer bestimmen. Möglicherweise streckte das Unheil schon vor zwei Jahren seine Krallen aus, als es bei Aldi Lichterketten im Sonderangebot gab, Knochenhauers eine davon kauften und sie um die Krüppelkiefer ihres Vorgartens wickelten.

Das störte mich zunächst nicht sehr. Manchmal, wenn ich spät nach Hause kam, fand ich ihr Leuchten sogar irgendwie anheimelnd. Ich ließ mich dazu verleiten, eine hölzerne Pyramide mit elektrischen Kerzen ins Flurfenster zu stellen. Nicht von Aldi, vom Weihnachtsmarkt. Steve hatte mich an diesen schrecklichen Ort geschleppt. Ihr mattgelber Schein wurde durch einen Zeitschalter geregelt, ging bei einsetzender Dunkelheit an und erlosch in den späten Morgenstunden fast unbemerkt. Ähnlich handhabten es Knochenhauers mit ihrer Lichterkette und kurz danach mit dem Lichtschlauch, der die Umrisse ihrer Haustür markierte. Ob sie Angst hätten, der Weihnachtsmann würde sonst den Zugang zum Haus nicht finden, witzelte ich, wurde aber von Helmut Knochenhauer belehrt, dass Weihnachtsmänner ihren Weg für gewöhnlich durch Schornsteine nahmen. Das müsste ich doch wissen, als Frau eines Amerikaners. Dass Steve und ich nicht verheiratet sind, ist

den Knochenhauers zwar bekannt, wird von ihnen aber hartnäckig verdrängt.
Den Lichtschlauch fand ich obszön. Steve sagte nichts dazu, kaufte aber tags darauf zwei Lichterketten bei besagtem Discounter. Mangels Koniferen (unsere Containerweihnachtsbäume waren leider stets eingegangen) drapierte er sie um die Spitzen des Gartenzauns. Es missfiel mir, wie der antike Eisenzaun auf diese Weise seiner strengen Würde beraubt wurde, aber ich hielt den Mund. Weihnachten würde schließlich irgendwann einmal vorüber sein. Dennoch, er hätte mich wenigstens fragen können.
Für meinen Geschmack gab es nun ausreichend elektrische Adventsstimmung um mich herum, erstrahlte doch bei Knochenhauers zusätzlich zu ihrem Lichtschlauch in jedem Fenster ein weihnachtliches Motiv; ein Stern, ein Engel, ein Tannenbäumchen oder ein Nikolaus. Bei jedem Blick aus dem Fenster packte mich das Grauen. Dabei war das erst der Anfang.
Im Jahr darauf verbrachten Steve und ich die erste Adventswoche bei seiner Schwester, die in einer Siedlung für texanische Besserverdienende lebte. Wann immer jemand das Haus der Kramers betrat oder verließ, winkte ein Plastikschneemann von der Größe eines Massaikriegers mit seinem Plastikbesen und plärrte:

„Merry Christmas". Von dem, was sich im Inneren des Hauses abspielte, bin ich nachhaltig traumatisiert.
Nach einer harten Woche glitten wir im Taxi durch die nächtlichen Einbahnstraßen auf unser trautes, dunkles Heim zu …
Carpe diem, hatte sich das Ehepaar Knochenhauer gesagt und den Lichtschlauch vom Vorjahr um den Kamin gewunden. Offenbar hatte es wieder Lichterketten im Angebot gegeben. Im Garten schlang sich eine um jede Zypresse, um jeden kahlen Busch. Wenn es so weiterging, würde sie nächstens die Maulwurfshügel erleuchten, orakelte ich. Um Knochenhauers Haustür jagten sich Lauflichter in vier wechselnden Farben, wie man es von Biosaunen mit Farblichttherapie her kennt. Es wirkte aber eher wie der Eingang zu einer Dorfdiskothek. Der Taxifahrer grinste. Ich schämte mich in Grund und Boden für meine Nachbarschaft.
Den nächsten Abend verbrachte Steve zunächst draußen, wobei er, wie im letzten Jahr, den Zaun lichterverkettete. Ich liebte das schlichte kleine Siedlungshaus, das meine Eltern erbaut hatten. Den Eisenzaun hatte ich bei einem halbkriminellen Trödler erstanden und an Stelle des Jägerzaunes meiner Kindheit anbringen lassen. Rosen sollten sich um ihn ranken, nicht Aldi-

Lichterketten. Warum hatte ich diesen Unfug im vorigen Jahr bloß durchgehen lassen?
Nach dem Abendessen saß Steve noch eine Weile am Computer und ging dann zu Bett, während ich mich trotz anhaltendem Jetlag bis kurz nach Mitternacht wach hielt. In meinem Kapuzenparka, in der Tasche das Maglite und die Rosenschere, schlich ich hinaus in die klamme Nacht. Es hätte sehr schön sein können. Eine bleiche Mondsichel stand über den Dächern, der Große Wagen funkelte vornehm und vergeblich gegen Knochenhauers Lichtspiele an. Ich füllte meine Lungen mit Vorstadtluft und schritt zur Tat. Was heißt Tat? Dies war ein Akt der Notwehr!
Ich zog den Stecker aus der Außensteckdose, schnitt das Kabel durch, kaute ein wenig auf der Ummantelung, steckte das Kabel wieder ein. Es war wie nachlassender Kopfschmerz. Haustür, Kamin und Garten lagen wieder in stillem Dunkel. Nur die Sterne, Engel, Tannenbäumchen und Nikoläuse brannten nach wie vor in den Fensterscheiben, da sie ihre Energie aus dem Inneren des Hauses sogen.
Bald darauf trafen die ersten Pakete ein. Knochenhauers hatten sie netterweise für uns entgegengenommen. Als Luise und ihr Mann sie zu uns brachten – Größe und Gewicht des einen verlangten nach starken

Armen –, beschwerten sie sich über den Marder, der während der letzten Tage mehrmals die Kabel ihrer Adventsbeleuchtung durchgebissen hatte.
„Das schont Ihre Stromrechnung“, tröstete ich meine hilfsbereiten Nachbarn und fügte wahrheitsgemäß hinzu: „Bei uns hat er auch gewütet.“
Seit zwei Tagen war der Zaun wieder Zaun und sonst nichts.
„Heute Nacht legt sich Helmut mit dem Gewehr auf die Lauer“, verriet Luise Knochenhauer und presste die Hand auf den Mund, als ihr Gatte sie verstohlen anrempelte.
„Es ist das alte Gewehr von meinem Vater. Alte Waffen darf man ohne Waffenschein behalten“, rechtfertigte sich der kleine, dicke Glatzkopf, und Luise nickte eifrig, wobei ihre Dauerwellenlocken wippten. Beider Augen brannten vor Jagdfieber. Ich wünschte Herrn Knochenhauer Waidmannsheil und wuchtete die Pakete ins Haus.
Es waren zwei, ein kleineres und ein riesiges, schweres, beide an Steve adressiert.
„ebay“, erklärte Steve. Dann trug er seine Schätze in den Keller.
Noch am selben Abend bekam ich den tanzenden Weihnachtsbaum zu sehen. Zu den blechernen Klän-

gen von Jingle Bells wand er seine Plastikarme wie eine balinesische Tempeltänzerin. Ich bat Steve, er möge das Ding sofort in sein Arbeitszimmer schaffen. Möglicherweise war mein Ton dabei ein wenig harsch ausgefallen. Steve nannte mich engstirnig und intolerant und verdächtigte mich, das Kabel „seiner" Lichterkette zerschnitten zu haben.

„Die an meinem Zaun hängt", stellte ich klar. Und überhaupt würde ich ihn behandeln wie einen Untermieter, mit dem ich zufällig ein Verhältnis hatte.

Wir stritten über alles Mögliche, die Pizza verbrannte im Backofen, und wir schliefen Rücken an Rücken zornig ein.

Während unser Nachbar einsam am Küchenfenster Wache hielt, irrte ich durch die Glühwein- und Bratwurstschwaden eines Weihnachtsmarktes, auf der Flucht vor einer riesigen grünen Plastikkrake, die Jingle Bells krächzte. Ich bat einen Nikolaus um Hilfe, doch der entpuppte sich als Steve in Verkleidung und nutzte die Gelegenheit, mir einen Sack über den Kopf zu stülpen und mit dem Handy die Krake anzurufen. Dann gab es einen Knall. Ich fuhr aus den Laken. Es war zwei Uhr zehn, und Herr Knochenhauer feierte seinen ersten Jagderfolg. Frau Knochenhauer vergoss tags darauf Tränen der Reue und zwang ihren Mann,

beim Optiker seine Sehschärfe kontrollieren und das Gewehr verschwinden zu lassen. Was mich sehr erleichterte. Dennoch wurden sie vom Rest der Nachbarschaft für eine ganze Weile geschnitten, denn alle hatten den grauen Kater aus Nummer acht gern gehabt.

Als ich an diesem Abend spät nach Hause kam, glomm ein roter Punkt von der Größe eines Golfballes neben dem Hauseingang in der Luft. Wurden inzwischen Infrarotwaffen eingesetzt? Noch ein Schritt, und es erschien – im wahrsten Sinn des Wortes – ein Rentier in Originalgröße. (Zumindest vermutete ich das.) Hinter ihm, auf dem obligaten Schlitten, saß ein dicker, weißbärtiger Santa Claus im roten Mantel. Ich näherte mich dem Ensemble so vorsichtig wie einer angeschossenen Wildsau. Durch einschlägige Erfahrungen während des Texasaufenthaltes war ich auf alles gefasst. Prompt wackelte das Rentier mit seinen Ohren, und Santa auf dem Schlitten ließ ein kehliges „Houhouhou" hören, ehe die Pracht wieder erlosch. Dann erglühte von neuem die rote Nase des Rentiers ... und so weiter. Minutenlang stand ich wie erstarrt vor dem Schauspiel. Das Rentier hatte hübsche Ohren, und einen sanften Blick. Santa Claus sah aus wie Gottvater. Etwas Anrührendes ging von den beiden aus. Ich fuhr zusammen, als sich die Haustür öffnete. Steves Haltung glich der eines Hundes, der den Sonntagsbraten gefressen hat.

„Kann man es auch so schalten, dass es immer leuchtet?", fragte ich.

Bald pilgerten Mütter mit ihren Kindern durch unsere Straße. Das Rentier war die Attraktion. Knochenhauers grüßten dieser Tage ein wenig knapp. Am Samstag vor dem vierten Advent sah man sie mit sperrigen Leitern im Vorgarten hantieren. Es hatte mich schon die ganze Zeit über gewundert, dass bei der ganzen

Beleuchtungsorgie die mächtige Tanne verschont geblieben war, die, seit ich denken konnte, gleich hinter unserem Zaun, neben Knochenhauers Garageneinfahrt, stand. Vielleicht, weil der Baum längst höher als das Knochenhauer'sche Haus und deshalb aufwendig und sicher auch kostspielig zu illuminieren war. Eine Teilbeleuchtung hätte dilettantisch gewirkt. Helmut Knochenhauer war Perfektionist. Den ganzen Tag sah man ihn mit Kabelwerk um die Schultern in gefährlichen Posen zwischen Leiter und Tanne herumturnen, und am Abend erstrahlte der große Baum triumphierend mit Hunderten oder gar tausend Lichtern. An seiner Spitze balancierte silbern blinkend ein großer Stern mit einem Schweif.

Für die Kleinkinder war das Rentier nach wie vor Favorit, aber die Erwachsenen, das bemerkte ich, wenn ich heimlich am Schlafzimmerfenster auf die Kommentare horchte, sympathisierten eher mit Knochenhauers Baum.

Zwei Tage vor Heiligabend, in aller Herrgottsfrühe, erwischte ich Steve. In seinem roten, mit Nikoläusen bedruckten Morgenrock stand er am offenen Klofenster und schoss mit einer Zwille Kieselsteine auf den Stern von Bethlehem ab. Ich wandte mich stumm ab. Im Lauf des Tages erwähnte keiner von uns den Vorfall.

Als ich am Morgen des 24. aus dem Fenster sah, war die Landschaft bilderbuchmäßig verschneit. Bei unseren Nachbarn gab es schon wieder etwas Neues zu bestaunen. Offenbar hatten sie sich einen von diesen Weihnachtsmännern angeschafft, die man neuerdings kopfüber an Fassaden baumeln sieht, wie schlaffe Gehenkte. Nur hing der von Knochenhauers in der großen Tanne, und es war auch nicht der Weihnachtsmann.

Während ich noch hinüberstarrte, stürzte mein Texaner mit wehendem Nikolausmorgenrock aus dem Haus und erklomm barfuß die vereiste Tanne.

Ein sinnloses Opfer. Den Männern von der Feuerwehr blieb nur noch, Helmut Knochenhauer aus der Verstrickung der Lichterkette zu befreien, die ihn gefesselt und erdrosselt hatte. Er hatte kaputte Lämpchen austauschen wollen, erklärte Frau Knochenhauer, die in der Metzgerei Schlange für die Weihnachtsgans gestanden hatte, als das Unglück geschah. Die Glückliche.

Ich dagegen hatte Steve vom Baum flattern sehen.

Ich beobachtete, wie der Baum von den Arbeitern des Gartenbauunternehmens zersägt, verladen und abgefahren wurde. Die Dämmerung setzte ein, ich öffnete eine Flasche Bordeaux. Die Gärten lagen still und dunkel. Das Rentier hatte eine neue Heimat bei der Familie aus Nummer acht gefunden. Steve schwebte vermutlich gerade im Laderaum einer Boeing über dem Atlantik. Matt schimmerten die Eisenspitzen des Zaunes im letzten Abendlicht. Ein paar Stäbe hatten die Feuerwehrleute durchsägen müssen, weil sie sich zu fest in Steve verbohrt hatten. Sie würden nach den Feiertagen fachkundig erneuert werden. Alles würde sein wie vorher. Ich nahm einen Schluck Wein. Die große Tanne würde ich vermissen.

TNT

Quellen

Åke Edwardson, Als der Schnee fiel.
Aus dem Schwedischen von Angelika Kutsch,
© der deutschen bei der Übersetzerin
Original: När snön föll, från: Mord under julgranen,
Copyright © Åke Edwardson, 2009

Nicola Förg, Baumsterben.
© bei der Autorin

Regine Kölpin, Die Weihnachtskrähe.
© bei der Autorin

Susanne Mischke, Oh Tannenbaum.
© bei der Autorin

Gabi Neumayer, Die Nase des Rentiers.
© bei der Autorin

Wir danken den Autor:innen und Verlagen für die freundliche Abdruckgenehmigung.